Helga Schubert

Lauter Leben

Erzählungen

Lauter Leben, nichts als Leben begegnet uns in Helga Schuberts erstem Erzählband von 1975: Alleinstehende Freundinnen, die so allein gar nicht stehen, Anna, die nicht allzu genau ist, »mehr so, wie es Spaß macht«, ein spätes Mädchen, das unverhofft einen Mann findet, »weil sie einmal war wie vorher noch nie«, oder eine Familie, bei der alles drunter und drüber geht, weil das Kind einen Hund will. Lauter Leben, selbst wenn vom Friedhof die Rede ist. Mit feiner Ironie, Anteilnahme und literarischem Gespür erzählt Helga Schubert von ganz normalen Menschen in der DDR. Tragik und Komik des Alltags spiegeln sich in einer glasklaren Sprache, mit scheinbar einfachen Pinselstrichen zeichnet sie ganze Lebensgeschichten. Mit diesen funkelnden Erzählungen lässt sich die junge Helga Schubert endlich wiederentdecken.

Helga Schubert, geboren 1940 in Berlin, studierte an der Humboldt-Universität Psychologie. Sie arbeitete als Psychotherapeutin und freie Schriftstellerin in der DDR und bereitete als Pressesprecherin des Zentralen Runden Tisches die ersten freien Wahlen mit vor. Nach zahlreichen Buchveröffentlichungen und Auszeichnungen zog sie sich aus der literarischen Öffentlichkeit zurück, bis sie 2020 mit der Geschichte ›Vom Aufstehen‹ den Ingeborg-Bachmann-Preis gewann. Der gleichnamige Erzählband erschien 2021 bei dtv, ist ein großer Bestsellererfolg und wurde für den Preis der Leipziger Buchmesse nominiert.

Helga Schubert

Lauter Leben

Erzählungen

Mit einem Nachsatz
von Sarah Kirsch

dtv

Von Helga Schubert ist bei dtv außerdem lieferbar:

Die Welt da drinnen

Judasfrauen

Vom Aufstehen

Der heutige Tag

3. Auflage 2024
Von der Autorin neu durchgesehene Ausgabe
© 2022 dtv Verlagsgesellschaft mbH & Co. KG, München
Die Originalausgabe erschien 1975 beim Aufbau Verlag,
Berlin und Weimar
Umschlaggestaltung: Lübbeke Naumann Thoben, Köln
unter Verwendung des Gemäldes »The Old Stern Radio Factory«
von Igor Moritz, 2018
Satz: Fotosatz Amann, Memmingen
Druck und Bindung: Druckerei C.H.Beck, Nördlingen
Printed in Germany · ISBN 978-3-423-14849-8

Meine alleinstehenden Freundinnen

Meine alleinstehenden Freundinnen kann man unangemeldet besuchen. Meistens ist schon jemand da. Man kann zu ihnen jemand mitbringen. Meine alleinstehenden Freundinnen kommen nie unangemeldet, und wenn sie vorher von der Ecke anrufen. Sie wollen, dass man dann allein ist. Sie bringen niemand mit.

Meine alleinstehenden Freundinnen wohnen in Altbauwohnungen. Entweder im vierten Stock oder zu ebener Erde in einem Laden. Sie sagen, dass sie nicht jeden Dienstag auf dem Wohnungsamt sitzen wollen. Aber in Wirklichkeit wollen sie keine Neubauwohnung. Ihre Wohnungen sind nämlich unverwechselbar.

Meine alleinstehenden Freundinnen sind stolz auf ihre Besonderheit. Darauf vor allem. Ihre Türschilder sind handgemalt, unübersehbar. Neben dem Türschild hängt ein Schreibblock und daneben an einem Bindfaden ein Bleistift, für diejenigen, die vergeblich gekommen sind.

In den Wohnungsfluren liegen rote Kokosläufer. An den Flurwänden hängen Zeichnungen, Plakate, Kuckucksuhren. Bei einer steht am Flurende auf dem Fußboden ein zwölfbändiges Lexikon.

Meine alleinstehenden Freundinnen haben auch besondere Toiletten. Sofern sie sich nicht dem Geschmack der Mitbenutzer anpassen müssen. Die eine hat ihre Toilette, im Keller hinter zwei Sicherheitsschlössern, mit Wachstuch ausgekleidet. So sitzt man unter einem Wachstuchhimmel. Bei der anderen muss man erst geradeaus und dann rechtsherum gehen. So gelangt man zum Ziel, das auf einem Podest steht. Von dort sieht man an der Wand Bilder von Strumpfpackungen. Bei einer dritten alleinstehenden Freundin muss man erst das Fahrrad vom Toiletteneingang zum Kochherd schieben. So sieht man immer, wenn besetzt ist.

Die Küchen meiner alleinstehenden Freundinnen sind auch ihre Wasch- und Frühstücksräume. Die Küchenwände sind mit Farbfotos von Kochrezepten, Zwiebelbündeln sowie Hängeregalen mit Zwiebelmusterporzellan geschmückt. Die Tischdecken auf den Küchentischen sind blau kariert. Die Küchenschränke und -stühle sind selbst lackiert, rot oder weiß. Sie haben sich einen kleinen Elektroboiler und zum Ansehen einen dreiteiligen Spiegel daneben anbringen lassen.

Die Wohnzimmer meiner alleinstehenden Freundinnen fallen durch breite Liegen auf. Diese Liegen sind mit Teppichen oder Samtdecken und Kissen bedeckt. Daneben Glasvitrinen mit Nippes von den Großmüttern. Die Fernsehapparate, versteckt zwischen Büchern, übersieht man leicht. Meine alleinstehenden Freundinnen wollen keine Übergardinen.

Beleuchtungskörper sind Architektenarbeitslampen an der Wand. Die Wände sind weiß gekalkt und voller Bilder, sodass sie die Wände nicht so oft kalken müssen. Die Bilder sind eingetauscht oder in Großmut gekauft. Manchmal auch selbst gemalt. Eine Ikone hängt auch dabei, falls es IHN doch gibt.

Meine alleinstehenden Freundinnen gehen nicht zum Friseur, besitzen aber heimlich Lockenwickler. Sie schneiden sich ihre Haare gegenseitig. Meinen alleinstehenden Freundinnen ist es ganz egal, was sie anhaben. Und nur zufällig passt das Samthosenbraun zum Pulloverocker. Sagen sie. Für ihre Augen geben sie viel Geld aus. Für Lidpuder und -schatten, für Eyeliner, kleine Pinsel, für kuss- und tränenfeste Wimperntusche.

Wenn sie schon nichts für sich tun, müssen sie wenigstens etwas für sich tun.

Meine alleinstehenden Freundinnen haben, sofern sie nicht kinderlos sind, ein Kind. Die Kinder brauchen nicht so viel aufzuräumen, müssen nicht so früh ins Bett wie andere Kinder und gehen ebenfalls nicht zum Friseur. Die Kinder sind immer dabei. Meine alleinstehenden Freundinnen wollen ihre Kinder antiautoritär erziehen, aber die Kinder danken es ihnen nicht so, zunächst. Die Kinder ähneln ihren Vätern. Und da ist der Haken.

Mit den Vätern ihrer Kinder ist es im Guten auseinandergegangen. Sagen sie. Aber meistens wollten die Männer bleiben. Das betonen meine alleinstehenden Freundinnen. Darum würden diese Männer sie auch auf der Stelle wieder heiraten oder überhaupt heiraten. Wenn diese Männer nicht schon wieder verheiratet oder noch verheiratet wären.

Meine alleinstehenden Freundinnen vertreten die Meinung, dass man einmal im Leben verheiratet gewesen sein muss. Wenn sie keinen Freund haben, sagen sie, dass sie auf keinen Fall jeden Tag einen Mann in der Wohnung ertragen könnten. Wenn sie einen Freund haben, wohnt er bei ihnen. Aber unangemeldet. So viel Freiheit brauchen meine alleinstehenden Freundinnen.

Wenn meine alleinstehenden Freundinnen einen Freund haben, werden sie traurig. Weil sie ihn lieben, wie das auch klingt. Weil die Liebe so anstrengt. Dieser soll wirklich der letzte Versuch sein, bei ihm bleiben sie. Auf ihn hat sich das Warten gelohnt. Alles dies hoffen sie. Jedes Mal. Alle. Und die Freunde spüren zwar die Hoffnung, aber noch mehr die Anstrengung und werden misstrauisch.

Meine alleinstehenden Freundinnen finden sich nicht schön. Zum Ausgleich sind sie viel netter, als sie es wären, wenn sie sich schön fänden. Darum nimmt ihnen auch niemand diese Überzeugung, nicht einmal ihre Freunde. Oder, darum nehmen gerade ihre Freunde ihnen diese Überzeugung nicht.

Meine alleinstehenden Freundinnen nehmen die Pille. Aber gleich zu Anfang sagen sie das ihren neuen Freunden nicht. Weil die sich sonst ihr Teil denken. Die denken sich schon genug Teile beim Studium der vorhandenen Buchwidmungen. Aber so etwas sammelt sich eben an.

Am Beginn einer neuen Epoche machen meine alleinstehenden Freundinnen einen vorläufigen Abschiedsbesuch. In nächster

Zeit werden sie nicht kommen können und vielleicht auch nicht anrufen, eventuell sogar das Telefon abstellen und den Schreibblock von der Korridortür wegnehmen. Denn es könnte ihn stören.

Im Hinausgehen geben meine alleinstehenden Freundinnen noch eine kurze Einschätzung. Er ist endlich einmal ein ganz normaler Mensch, sodass sie für die Fisimatenten der anderen Männer kein Verständnis mehr aufbringen können. Er hat in der richtigen Reihenfolge gelebt, erst für den Beruf, jetzt für eine Frau, von der er Gott sei Dank weiß, wie er sie zu nehmen hat. Er ist ein stämmiger Adonis, der nicht zu viel denkt. Oder er ist ein Mann, der sich nicht diesen Leistungsmarotten, diesem Autofimmel unterordnet, ein nachdenklicher und sensibler Mensch, der sie versteht und nicht gleich an das Bett denkt. Er hält die Ehe nicht für eine moderne Form des Zusammenlebens. Will aber den Glauben anderer Menschen, die daran einen Halt suchen, nicht zerstören. Darum lässt er sich auch nicht scheiden, was meine alleinstehenden Freundinnen verstehen. Vorerst.

Meine alleinstehenden Freundinnen ernähren sich sowie ihr Kind selbst. Ihre Arbeit macht ihnen Spaß. Sie sind fleißig. Ihre Arbeit ist ihnen wichtig, weil sie ihr einziges Außerhalb ist. Nach den Männern. Im Interregnum. Darum fallen sie auch im Beruf auf Lob und Tadel herein.

Meine alleinstehenden Freundinnen haben es nie mit ihrem Chef. So was nutzen sie nicht zu so was aus.

Meine alleinstehenden Freundinnen machen im Urlaub weite Reisen. Sie sind sehr neugierig und fahren immer woandershin. Aber sie trampen nur, wenn sie noch jemand bei sich haben. Besonders abends soll man nicht allein trampen, weil sonst was passieren könnte. Sie sind schon mal in eine ganz andere Richtung gefahren, nur weil der Lkw-Fahrer gesagt hat, dass er nicht an die polnische Ostseeküste fährt, sondern woandershin und es dort viel schöner ist als da, wo er nicht hinfährt.

So lernen sie die Welt kennen.

Meine alleinstehenden Freundinnen kann man um etwas bitten. Sie leihen einem ein Ohr oder ein Buch, je nachdem. Wenn sie Geld hätten, würden sie auch das borgen.

Anna kann Deutsch

Anna kann Deutsch. Noch von der deutschen Besatzung. Da hat sie in einem deutschen Lazarett gearbeitet. Als Pflegerin. Und weil sie dort so gut gearbeitet hat, haben die Deutschen sie sogar zu einem Lehrgang geschickt und sie eine Prüfung machen lassen. Damals war sie noch echt blond und sehr schlank und nicht so, dass sie mit einer Sicherheitsnadel den Rock zumachen muss unter dem Pullover.

Anna kann Deutsch. Und darum haben sie ihr die Leitung eines Erholungsheims für deutsche Touristen angeboten. Sie würde es machen, dann brauchte sie nicht mehr bis nachts an der Theke zu stehen und sich mit den Kellnerinnen um die Abrechnung zu streiten. Aber der, der das Heim jetzt leitet, soll weiter ihr Vorgesetzter bleiben. Bloß dass sie ihm die Arbeit macht, wo er nicht wirtschaften kann und nicht Deutsch und sie die Suppe auslöffeln soll. Sie überlegt es sich noch.

Anna kann Deutsch. Und hat ein Haus am Berg und am Fluss. Darum hat sie sich entschlossen, privat an Deutsche zu vermieten. Aber sie nimmt nur Gäste, die Freunde empfehlen. Sie geben ihre Telefonnummer weiter. Das Telefon hat sie noch nicht lange. Aber nun ist sie mit der ganzen Welt verbunden, kann fragen, was es im Gasthaus zum Abendbrot gibt und ob die Strickerin im Nachbarort schon das Kleid fertig hat aus der blauen Wolle, ganz eng.

Anna kann Deutsch. Und darum sagt sie, wenn deutsche Gäste anrufen, genau, was sie mitgebracht haben möchte: Dragees 19 für die Großmutter, die hat schlechte Verdauung, und Seehundstiefel Nummer 43 für ihren Sohn, weil der Reißverschluss von den vorigen kaputtgegangen ist und es dafür keinen Ersatz gibt, und Tuben für Heimblondierung, so viel wie möglich, weil die Friseurin auch welche abnimmt.

Annas Gästezimmer geht von innen zuzuriegeln, aber in der Tür ist ein großer Ritz. Deshalb hört man Anna im Korridor telefonieren. Und Anna hört ihre Gäste. Das Gästezimmer hat an der Decke eine Glühbirne. Die Glühbirne muss brennen, wenn der Heizofen an ist. Weil der auch an der Zimmerdecke angeschlossen ist. Links und rechts neben dem Fenster stehen die beiden Feldbetten, und dazwischen knarren die Fußbodendielen. Unter dem Fenster hängt ein Zentralheizungskörper mit fünf Rippen, der nur lauwarm wird. Morgens frühstückt man zwischen Feldbett und Fenster im Mantel.

Anna findet, dass zu Käse morgens kein Kaffee passt, beides zusammen ist zu schwer. In Polen trinken sie Kaffee nur, wenn es passt. Zum Beispiel zu gebratenen Eiern. Abends gibt es Quark mit Naturalni-Honig. Den hat sie aus ihrer Heimat in der Krakower Gegend. Abends hört man Anna in der Küche brutzeln, denn die Polen essen gern reichlich. Darum haben auch die Frauen solche schönen Busen, was zum Beispiel den

Männern in Schweden sehr auffällt und gefällt. Warum hätten sich sonst alle Männer in Schweden nach ihr und ihrer Schwester umgedreht? Weil die schwedischen Frauen keinen Busen haben. Die schönen Frauen gibt es nur auf den Titelfotos, sagen die Schweden.

So, wie sie dasteht, ungepflegt, dick und alt, könnte Anna eine sehr gute Partie machen in Schweden, aber sie will von Männern nichts mehr wissen, alle gestohlen bleiben können sie ihr. Und aus Kummer darüber hat sie noch mehr gegessen.

Ihren Mann hat sie aus dem Haus rausgeschmissen. Sie ist froh, jetzt ist endlich Ruhe. Und als ihr Mann im vorigen Jahr im Schlafanzug an ihrem Bett stand und sagte, sie müssten nochmals über alles reden, da hat sie gesagt, er irrt sich in der Tür, die Toilette ist eine halbe Treppe tiefer, und sie ist kein Taxi, in das man reintreten kann, so oft man will, und sie ist nicht das vierte Wasser nach dem Pudding. So nennen sie das in Polen.

Das mit der Untreue, dass er alle sechs Wochen mit einer anderen Frau was anfing und drei Ehen im Ort seinetwegen kaputtgegangen sind, das nahm sie ihm nicht so übel. So ist das Leben, und Männer müssen andere Frauen haben, Frauen nicht so, außer solche koketten Weiber. Aber dass er sie bei der Miliz angezeigt hat, sodass die sogar eine Haussuchung bei ihr machte. Gold sollte sie zu Hause haben, illegal aus dem Ausland mitgebracht. Und er zeigte sie an, wo er doch genau weiß, dass sie immer alles anmeldet. Zuerst wollten ihr die Milizsoldaten die Anzeige gar nicht zeigen. Aber als sie es einfach nicht glauben wollte, taten sie es doch, fanden ja selber nicht richtig, dass ein Mann seine eigene Frau anzeigt. Ja, und aus diesem und keinem anderen Grund, Jesus und Maria, hat sie die Scheidung einge-reicht. Ganz allein. Während er sich einen Advokaten genom-men hat. Und die vier Kinder waren als Zeugen geladen, und mit den beiden ältesten Söhnen musste sie extra zum Staatsan-walt in die Stadt fahren, weil die das mit der Anzeige auch erst glaubten, als sie es direkt unter der Nase hatten.

Zu tausend Zloty im Monat hat sich ihr Mann freiwillig ver-pflichtet, aber jetzt zahlt er nur fünfhundert, wo doch der Sohn allein für tausend Zloty im Monat isst. Der Sohn blickt die Gäste finster an, das hängt mit den bevorstehenden Skiabfahrts-ausscheidungskämpfen und seiner Abiturprüfung zusammen. Mit Ziegenflügeln kam er gerade von einer Klasse zur andern. Darum warten Lehrerin und Mutter nur auf eine Gelegenheit, ihm das Skifahren zu verbieten. Diesen Gefallen tat er ihnen, denn er stürzte, als sein Vater Schiedsrichter war und mit ihm angeben wollte. Sogar seine neue Frau brachte er mit, die hat schon alle Milizmänner im Ort durch und muss extra eine Brille tragen für ihr eines Auge, das nach außen blickt. Vor den beiden war der Sohn nervös und wackelte mit den Beinen. Da sieht man, was für einen schlechten Einfluss der Vater auf den Jungen hat. Statt dass der Junge sich ein bisschen anstrengt, wenn der Vater schon Schiedsrichter ist und nur darauf wartet, dass sein Sohn siegt und in die Zeitung kommt. Aber nur angeben will der Vater mit ihm. Sie aber will, dass etwas aus ihm wird. Stu-dieren muss er wie die anderen Söhne, die sind Magister beim Technikum und Ingenieur. Er kann ihretwegen Trainer werden, aber dann muss er das wenigstens studieren und jetzt mit dem Sport aufhören.

In Polen halten alle zusammen. Wenn einer schwindeln kann und stehlen, dann gibt er dem ab, der nichts hat. Sagt Anna. In Polen sind sie nicht so punktuell. Mehr so, wie es Spaß macht. Und nicht fürs Auto, wenn man dafür sparen muss. Annas Bruder sagt immer, der Taxifahrer muss auch leben. Jetzt hat der Bruder sogar einen neuen Fiat, aber ohne zu sparen. Er war Gaststättenleiter, und vor zwei Jahren sagte sein Chef zu ihm, kündigen Sie jetzt, dann können Sie in drei Monaten in der Stadt ein Haus kaufen, das dann frei wird und sich für eine Restauration eignet. Annas Bruder tat das, und heute fährt er einen Fiat.

Annas Schwester blieb in Schweden. Ein Pole, der schon seit siebenundzwanzig Jahren in der polnischen Kolonie wohnt, drehte sich nach ihr um und heiratete sie. Weil Annas Schwester so etwas ahnte, hat sie in Polen einen Kosmetikkurs absolviert. Obwohl sie eigentlich Journalistin ist. Jetzt hat sie schon große Angebote, als Kosmetikerin zu arbeiten. Und Anna fuhr allein zurück. Obwohl es in Schweden alles gibt. Dort haben sie keine Kühlschränke, sondern Kühlwände. Die Babynahrung kaufen sie in großen Packungen, nehmen die Flaschen nur heraus, haben gar keine Arbeit damit. Und wenn das Baby die Flasche ausgetrunken hat, werfen sie die Flasche mitsamt dem Nuckel in den Müll, stellen Sie sich vor! Wenn sie schmutzige Schuhe haben oder schmutzige Kleider, die legen sie in Kästen am Haus, schreiben nichts auf, und am Morgen kommen die Fahrer der einzelnen Reinigungsbetriebe und kontrollieren, ob für ihre Firma etwas dabei ist. Die Schweden sehen nur ab und zu mal nach, ob wieder etwas zurück ist. Alles wird vom Konto abgebucht, und wenn die Schweden neugierig sind, gehen sie zu ihrer Sparkasse und fragen, was sie noch für Geld haben.

Ganz allein fuhr Anna nicht zurück. In einer Streichholzschachtel nahm sie zehn Paar goldene Trauringe mit, das Stück elfhundert Zloty wert, sagt der Juwelier, dem sie die Ringe – ohne Quittung – zum Schätzen dalies. Wir in Polen haben kein Gold, sagt sie.

Die beiden großen Söhne haben sehr schöne Frauen geheiratet, wie auf den Hochzeitsfotos zu sehen ist. Die Tochter hat noch keinen Mann und wohnt noch zu Hause. Sie arbeitet im Reisebüro an der Kasse und kann dort gar nicht weg, guckt immer auf ihr Geld, wenn mal ein passabler Mann etwas länger rumsteht. Darum braucht Anna einen langen Reißverschluss für das neue Kleid der Tochter, damit man sieht, dass sie gar nicht so dünn ist, wie man zuerst fürchtet. Das hat sie nicht von der Mutter. Die Tochter muss sofort nach Büroschluss nach Hause kommen. Dass sie nicht etwa noch im Café sitzt und Zigaretten raucht, wie solche Mädchen. Abends kann sie ja noch einmal weggehen, wenn die Mutter weiß, wohin. Und heiraten soll sie bald. Wir in Polen heiraten jung. Und aus Liebe. Anna ist jetzt noch ihrem Mann treu, obwohl er es nicht verdient.

Anna hat auch einen Hund. Er heißt Kuban, hat eine rosa Schnauze und ein Fell wie ein Schwein. Wenn er im Schnee auf dem kleinen Trampelpfad vom Haus bis zur Straße läuft, muss er sehr zittern. Dann hinkt er auf drei Beinen, damit das vierte, eingezogene Bein es etwas wärmer hat. Er hat bei den Nachbarn eine Freundin, aber auch einen Rivalen. So kommt er abends mit einem blutigen Ohr nach Hause. Aber zu Hause würde er vor Sehnsucht verkümmern.

Lieber ein blutiges Ohr und zufrieden, sagt Anna.

Am letzten Tag schenkt Anna den deutschen Gästen eine Flasche Wodka, holt drei Gläser und erzählt, warum sie so gut Deutsch kann. Nicht nur von der Arbeit im deutschen Lazarett oder von den Lehrgängen, nein, vom Flirten mit den SS-Offizieren, einzeln übrigens ganz charmante Männer. Ja, als Partisanin musste man alles können. Da war sie sehr geeignet, schon wegen der blonden Haare. Und weil man sie als Volksdeutsche ausgab. Oft war es ja anstrengend, nach dem Dienst im Lazarett noch die Aufträge zu erfüllen, manchmal sogar als Kurier durch die Wälder bis zur Grenze. Aber sie war jung vor achtundzwanzig Jahren und außer der Mutter als Einzige aus der Familie noch zum Kämpfen da.

Einen Auftrag aus dieser Zeit kann Anna nicht vergessen. Das war an dem Abend, bevor ihr Bruder hingerichtet werden sollte. So wie heute ist ihr das alles. Der Kellner aus dem Gasthaus, in dem die SS-Offiziere abends ihr Bier tranken, gehörte auch zu den Partisanen. Er pries den Offizieren Anna und ihre Freundin als sehr hübsche volksdeutsche Polinnen an, und er könnte es einrichten, dass die Mädchen hier ins Gasthaus in ein abgeteiltes Zimmer kämen. Obwohl sie sonst sehr anständig sind. Die Verabredung wurde noch für den gleichen Abend festgemacht, und Anna schminkte sich zum ersten Mal so, dass sie vor sich selber einen Schreck bekam. Mut musste sie sich auch antrinken, aber dann sorgte der Kellner dafür, dass sie was anderes bekamen als die Offiziere. Als die Herren fragten, ob sie noch zu den Mädchen fahren könnten, sträubte sie sich ein bisschen und willigte dann verschämt ein.

Das alles hat ihr große Mühe gemacht, weil doch ihr Bruder nur noch ein paar Stunden leben sollte.

Sie fuhren in einem Militärauto. Der Weg ging durch den Wald, natürlich. Es dauerte nicht lange, und sie wurden von einer Militärstreife angehalten. Alle aussteigen mussten sie und den Ausweis zeigen. Da waren die Herren Offiziere aber überrascht, dass sie sich ausziehen mussten, viel früher, als sie dachten. Den einen schickten sie nackt durch den Wald in sein Lager zurück, mit der Mitteilung, dass sie den anderen erschießen um sechs Uhr früh, wenn Annas Bruder nicht bis dahin an dieser Stelle abgeliefert wird. Der Nackte muss sehr schnell gelaufen sein, denn der Bruder war noch vor sechs da.

In dieser Nacht hat Anna sehr große Angst gehabt.

Einmal haben sie ihr den Kameraden erschossen auf einem Kuriergang im Winter. Und sie musste ihn liegen lassen, denn die Deutschen hatten sie hinter den Bäumen nicht gesehen. Sie musste ihn liegen lassen. Er war gleich tot, und es hätte ihm doch nichts genützt. Und sie trug auf dem Rücken einen Sack mit Gold und Schmuck und Geld, der nach Ungarn sollte für den Widerstandskampf.

Anna ist bei den Deutschen nie ins Gefängnis gekommen. Aber als die Sowjetarmee in Polen einmarschierte und Anna aus dem Wald kam, um die Mutter wiederzusehen, wurde sie gleich verhaftet und ins Zuchthaus gebracht. Den ganzen Tag hatten sie schon nach ihr gefragt, und die Mutter hatte es nicht verstanden und große Angst gehabt. Alle im Dorf hielten Anna für eine Verräterin. Weil sie doch bei den Deutschen gearbeitet hatte. Bis sich die Wahrheit herausstellte – und das dauerte lange, die meisten Partisanen waren umgekommen –, hatte Anna keine Vorderzähne mehr. Aber die Mutter rettete sie, fuhr nach Warschau zum General, zum Freund des Bruders. Der ist gleich mit ihr zum Zuchthaus gefahren, hat mit dem Kommandanten gesprochen und sich die Liste der Häftlinge zeigen lassen. Und als sie Anna darauf fanden, sind sie in ihre Zelle gekommen und haben sich bei ihr entschuldigt und ihr ein Gebiss machen lassen.

In jedem Jahr fährt Anna zum Treffen der ehemaligen Kuriere. Es werden immer weniger.

Anna findet, dass alles, was sie gemacht hat, seinen Sinn hatte und dass es ihnen jetzt in Polen ganz gut geht. Sie können an die Zeitung schreiben, wenn ihnen etwas nicht gefällt, und es wird gedruckt. Und wenn Anna etwas ganz Besonderes will, zum Beispiel, dass ihr Sohn einen Studienplatz oder die Kassiererin eine Wohnung bekommt, schreibt sie an den Ministerpräsidenten.

Sie erhält eine Antwort.

Das späte Mädchen

Für Frau Erika haben die Eltern gut vorgesorgt. Sie hinterließen ihr ein reiches Erbe. Mutter starb vor zwei Jahren, Vater vor einem, jetzt lebt Frau Erika allein in ihrem Haus. Das gehört zu dem reichen Erbe, das ihr die Eltern hinterlassen haben.

Ist aber nicht alles. Denn in einem Zimmer stehen die zusammengerollten Läufer für die Korridore, oben und unten, und für die Treppe von unten nach oben.

Neulich starb eine Bekannte. Zum Begräbnis zog Frau Erika ihren Persianer an und setzte den breitkrempigen Hut auf. Da dachten alle im ersten Moment, sie kommt aus dem Westen.

Doch zu Hause schont sie alles und läuft mit gestopften Strümpfen und altmodischen langen Hosen im Garten herum. Immer schön schonen.

Sie ist jetzt dreiundfünfzig Jahre alt und hat noch nie mit einem Mann geschlafen. Als Jungfrau ging sie in die Ehe und auch wieder aus ihr hervor. Die Mütter fädelten die Heirat ein. Nur einmal besuchte er sie, noch vor Stalingrad. Dann schrieb er ihr. Die Mutter sagte, heirate den, der ist anständig. Außerdem bekommen wir eine Kohlenkarte mehr. Sie bestellten eine Ferntrauung.

Fräulein Erika musste sich allein vor den Standesbeamten setzen. Neben sie wurde ein Stahlhelm gelegt, sozusagen symbolisch. Daraufhin hieß sie wie er, wohnte weiter bei ihren Eltern. Sie bekamen aber jetzt eine Kohlenkarte mehr.

Zur gleichen Stunde wie sie wurde auch er mit so was Symbolischem getraut. Sie weiß aber nicht, womit.

Kurze Zeit später erfuhr die Mutter, dass ihr Schwiegersohn ein Hurenbock ist. Denn er hatte in der Garnison einem Mädchen ein Kind angedreht. Nun kann er ruhig in Stalingrad bleiben, meinte sie.

Und das geschah auch.

Erika war für etwas Höheres bestimmt. Das stand für die Mutter schon vor der Schulzeit fest. Darum ging sie zu den weißen Nonnen, um Erika dort zur Schule zu schicken. Der Nonne in der Anmeldung war der Beruf des Vaters nicht angenehm – Chauffeur. Sie ließ das Wort verächtlich auf ihrer Zunge entlangrollen.

Aber die Mutter zahlte im Voraus, und die Nonnen waren einverstanden. Erika erwarb dort ein gründliches Wissen.

Das kommt ihr jetzt im Büro ihres Betriebes, eines volkseigenen übrigens, zugute. Dort hat sie eine Lebensstellung. Nach dem Tod ihres Mannes vor dreißig Jahren verging die Zeit wie im Fluge. Die Zeit war angefüllt mit Sparen und den Warnungen der Mutter vor Männern.

Frau Erika erfuhr vor Kurzem – da waren aber die Eltern schon tot –, dass ihr Vater gar nicht ihr leiblicher Vater war. Die Mutter ist jedem Kerl nachgelaufen, von dem sie hoffte, dass er sie nimmt, und war froh, dass sie überhaupt noch einen Mann abbekam. (Sagen die Nachbarn.)

Zu Lebzeiten der Eltern kam Frau Erika immer pünktlich von der Arbeit nach Hause und ging auch nie tanzen. Da hätte sie ja zehn Mark rauswerfen müssen. Dafür besitzt sie jetzt zwei Pelzmäntel, einer ist von der Mutter. Die Schränke sind voll Wäsche. Du brauchst dir nie mehr was zu kaufen, wir haben für dich ausgesorgt, sagte die Mutter.

Nun sitzt sie da mit ihren dreiundfünfzig Jahren, ihrer guten Stellung und ihrem reichen Erbe, allein in ihrem Haus, oben und unten. Wenn sie im Winter nach Hause kommt, lohnt sich das Heizen nicht. Sie macht sich eine Stulle und geht damit ins Bett. Von da aus guckt sie in den Fernseher.

Zweimal im Jahr gibt es Ausnahmen, das Betriebsvergnügen und der Theaterbesuch mit der Brigade.

Traurig ist dieses Leben nicht, aber schön auch wieder nicht. Da beschließt sie, das Haus putzen zu lassen.

Damit kann sie den Sommer und den Herbst totschlagen. Frau Erika versieht sich mit Trinkgeld, organisiert Zement, eine Maurerfeierabendbrigade mit einem Gerüst und einen Lkw. Außerdem will sie, dass ihr Haus wie neu glitzern soll. Darum soll auch Splitt in den Putz. Den gibt es aber nicht.

Frau Erika forscht unermüdlich, bis sie erfährt, dass der Nachbar eines Kollegen sein Haus auch verputzt hat, damit fertig ist und trotzdem noch einen Haufen Splitt liegen hat. Der ist wohl übrig.

Sie zieht sich etwas aus dem reichen Erbe an und macht sich auf den Weg.

Der Nachbar ist schon vorbereitet, führt sie zum Splitt und dann ins Wohnzimmer zu einer Tasse Kaffee. Die Frau steht in der Küche, alles ist sehr sauber und ordentlich und der Kauf schnell besiegelt. Der Splittbesitzer stellt sogar einen Lkw zum

Transport in Aussicht. Eine alleinstehende Witwe, das erfuhr er beim Kaffee, will er gern unterstützen.

In der nächsten Woche fährt er den Splitt an, hilft beim Abladen und bekommt auch eine Tasse Kaffee. Dabei erzählt er, dass er seit einem halben Jahr geschieden ist. Dass das Haus aber ihnen beiden gehört und sie noch so lange zusammen wohnen wollen, bis das Mädchen aus der Schule und der Junge aus der Lehre ist. Die Frau arbeitet im Gastwirtschaftsgewerbe abends und nachts und er in der Fabrik in Schicht. Da kommt er auf tausend Mark, muss sich aber ranhalten. Zu Hause machen sie noch zusammen Mittag und Abendbrot. Und die Frau wäscht für ihn. Sie hat viel zu tun, denn sie muss ja für vier Personen sorgen. Frau Erika hat es besser, sagt er. Wer sich eine kleinere Wohnung nimmt, wenn sie auseinanderziehen, weiß er noch nicht.

Er sagt auch sein Alter, Frau Erika aber nicht. Denn sie ist neun Jahre älter. Sie sagt nicht einmal das mit der Kriegswitwe. Nur, dass ihre Eltern hier noch wohnten bis vor einem Jahr.

Er nimmt einen guten Eindruck mit, glaubt sie.

Nun muss sie die Lage erst einmal besprechen. Frau Erika besucht Elfriede im Nachbarhaus. Die kann schweigen und kennt die Männer. Sie ist die richtige Vertraute.

Früher wollte Elfriede Erika mitnehmen zum Vergnügen, aber da war es um die zehn Mark zu schade, wie gesagt. Elfriede traut der Sache mit der Scheidung nicht. Nach dem Ausweis fragen sei zu ordinär, die Frau fragen geht auch nicht. Am besten, so sagt Elfriede, ihn mal zum Wochenende einladen.

Da werde es sich zeigen.

Die Gelegenheit bietet sich bald, denn er ruft an und fragt nach den Maurerarbeiten und ob der Splitt reicht. Sie sagt, er kann ja mal nachsehen kommen, am nächsten Sonnabendnachmittag.

Und da merkt sie an seiner Antwort, dass er nicht zögert, auch keine Ausrede braucht. Ja, gern, sagt er nur.

Und er kommt. Diesmal im Sonntagsanzug.

Elfriede hat gerade an diesem Nachmittag zufällig ein Modeheft zurückzugeben. Als Sachverständige.

Dass du dich so mit dem Haus belastest, sagt Elfriede, verkauf es doch und nimm dir eine Wohnung. Da kannst du die Tür hinter dir zumachen und bist dein freier Herr.

Richtig, sagt der Mann, endlich jemand Vernünftiges. Und es klingt so, als ob er es nicht auf das Haus abgesehen hätte, findet Elfriede.

Frau Erika hat am Vormittag das Wohnzimmer und das Schlafzimmer geheizt und sich auf Elfriedes Rat nicht die Liebestöter angezogen. Sie hat auch den BH an, der seit einundsechzig im Wäschefach lag. Und am Vormittag trug sie im Pony drei Lockenwickler.

Bloß die Wäsche hat sie nicht geschafft. Und er darf auf keinen Fall sehen, dass die Schüsseln im Abwaschtisch voller Stoffflicken sind und sie deshalb im Ausguss abwaschen muss.

Aber es passiert doch etwas. Als sie eine neue Tischdecke aus dem Schrank holt, sieht er dort die Unordnung. Dabei helfe ich Ihnen mal, sagt er.

Da geht Elfriede, zufrieden. Um zwölf sieht sie noch Licht nebenan, dann schläft sie ein. Weil auch am nächsten Vormittag sein Auto noch dasteht, will sie lieber nicht stören.

Als er am Nachmittag weg ist, geht Elfriede mal rüber. Das mit dem Alter weiß er nun auch, sagt Erika.

Ich werde ja auch älter, hat er nur geantwortet. Sie hat ihm von Anfang an gefallen. Nicht, weil sie ein Haus besitzt, sondern weil sie sich was traut. Seine Frau ist leider nicht so.

Dann ist das Haus doch zu was gut, wenn du damit einen Mann bekommst, sagte Elfriede. Lass ihn man nicht merken, wie trantutig du bisher warst. Zieh deine guten Sachen an, da kommen bloß die Motten rein. Geh zum Friseur. Kauf dir ein Paar neue Winterstiefel, die mit der Schnalle hinten waren vor zehn Jahren modern. Und kauf dir ein Parfüm. Und endlich schwarze Wäsche.

Erika hat viel zu tun. Sie muss Schweinebraten für die Maurer kaufen, braten und auftischen, Elfriedes Ratschläge befolgen und auch arbeiten.

Mit Ihnen ist was, sagt der Chef, Sie sind so gut gelaunt. Ich denke, Sie haben die Handwerker?

Ja, eben, antwortet sie.

Ob sie ihn heiratet, das wird sich erst zeigen, sagt sie am Abend zu Elfriede. Außerdem haben sie darüber noch nicht gesprochen. Aber er hat gesagt, im Sommer, wenn das Haus fertig geputzt ist und wir im Haus aufgeräumt haben – die alten Anzüge von deinem Vater geben wir im Altersheim ab, wer kauft heutzutage noch so was, im Sommer legen wir uns in den Garten und machen es uns gemütlich.

Aber bis dahin kann er bloß am Wochenende kommen, weil er zeitig mit der Arbeit anfängt. Sie muss ja auch früh raus.

Warum er eigentlich geschieden ist, will er ihr später in Ruhe erklären. Aber das hat ja alles Zeit, sagt Elfriede.

Es hat dreißig Jahre Zeit gehabt. Und wenn es nur ein Jahr mit uns dauert, in diesem Jahr werde ich zum Wochenende immer heizen. Und im Frühling pflanze ich Blumen, denkt Frau Erika.

Und ganz innen kann sie es noch nicht glauben, dass es so einfach ist. Dass sie einen Freund hat.

Dass er einfach kommen kann, und keiner schimpft mit ihr.

Dass es einen gibt, der sagt, das stört mich gar nicht mit den neun Jahren. Der schon vom nächsten Jahr redet.

Der es nicht auf ihr Erbe abgesehen hat.

Der das Erbe gar nicht braucht.

Dem sie von Anfang an gefallen hat.

Weil sie einmal war wie vorher noch nie.

Das Bein

Käthe hat gerade das Studium abgeschlossen, und in drei Wochen soll sie ihre erste Arbeitsstelle als Ärztin antreten. Jetzt will sie erst mal Ferien machen. Sie ist sehr müde von den vielen Prüfungen.

Sie sagt trotzdem Ja, als die kranke Nachbarin anruft und sie bittet zu kommen. Käthe geht ins Haus nebenan, die Steinstufen hinauf. Die Nachbarin hat die Stufen gebohnert, damit sie wie Linoleum aussehen.

Die Nachbarin hat Grippe. Käthe horcht sie ab. Dann geht Käthe wieder, rutscht aus und fällt die Treppe hinunter, die gebohnert ist, damit sie wie Linoleum aussieht.

Käthe fällt von einer Ohnmacht in die andere. Das gibt es wirklich.

Die Nachbarin hört den Krach und holt ihre Nachbarin. Beide tragen Käthe die Treppe hinauf und legen sie auf das Sofa. Dann rufen sie das Rettungsamt an.

Zu den Trägern sagt Käthe, sie muss sie darauf aufmerksam machen, dass sie Arzt ist, und die Träger sollen ihr das Bein schienen und sie mit der Trage hinuntertragen. Da holen die Träger die Konsole vom Bad und schienen das Bein.

Käthe will in das Krankenhaus, in dem sie als Student gearbeitet hat. Dort kommen gleich alle und besichtigen sie. Käthe kriegt Fieber, sehr hoch und für längere Zeit. Das Bein wird schwarz. Es tut so weh, dass sie es fast nicht aushalten kann, wenn jemand im Flur vorbeigeht. Wegen der Erschütterung.

Und die Ärzte sagen, sie müssen das Bein abnehmen, weil der Knochen nicht zusammenwächst und die Wunde nicht heilt. Wenn sie nicht zur Zeit eingreifen, ist es zu spät.

Als Käthe das hört, muss sie weinen. Solche Blasen.

In der Vorlesung hat sie gehört, sagt sie, dass man so etwas noch operieren kann. Und sie bittet sehr darum.

Aber sie ist nicht mehr und noch nicht wieder versichert. Die Operationstechnik ist aus der Schweiz, auch das Metall und die Schrauben. Alles ist sehr teuer. Eigentlich müsste es die Nachbarin bezahlen, aber die ist nicht in der Haftpflicht Und Käthe will nichts von ihr verlangen. Denn sie weiß, dass die Nachbarin nicht viel Geld hat.

Da gehen die Chirurgen für sie den Instanzenweg. Und Käthe bekommt ein Freibett. Die Operation braucht sie auch nicht zu bezahlen.

Operiert wird sie von sieben bis dreizehn Uhr. Als sie aufwacht, hat sie einen Operationsgips um ihr Bein, einen schönen leichten, einen, unter dem es heilt. Nach zwei Wochen wird er abgemacht.

Und da sieht sie ihr Bein, weiß wie Zucker, nur mit einer kleinen Narbe. Sie hüpft vor Freude auf dem anderen Bein, auch die folgende Zeit hüpft sie, mit einer Krücke.

Bald kann geröntgt werden, und der Knochen beginnt zu heilen.

Sie darf wieder auftreten. Das tut sehr weh, aber Käthe will noch am gleichen Tag nach Hause. Zum ersten Mal in ihrem

Leben nimmt sie sich eine Taxe, sonst ist ihr das zu teuer, lieber läuft sie zwanzig Kilometer.

Das Geld für die Taxe hat sie, weil ihre Dienststelle den Arbeitsvertrag unterschrieb, obwohl sie noch krank war. Und Käthe geht gleich arbeiten, eigentlich viel zu früh. Aber sie hat ein zu schlechtes Gewissen wegen des vielen Krankengeldes. Ein Arzt kann auch im Sitzen arbeiten, sagt sie. Als sie zur Nachkontrolle ins Krankenhaus kommt, wundern sich Ärzte und Patienten über Käthe. Denn die zugleich mit ihr operiert wurden, gehen noch an Krücken. Und sie arbeitet schon.

Vier Jahre später fährt Käthe mit ihrem Auto vom Dienst nach Hause. Sie hält an einer Ampelkreuzung, legt den Gang ein bei Gelb und tritt aufs Gas bei Grün. Aber ihr Vordermann bremst kurz, weil sein Vordermann plötzlich links abbiegen will. Und Käthe fährt auf. Es bumst so, dass auch der Linksabbieger den Zusammenstoß gehört haben muss, denn er fährt ganz schnell weg.

Käthes Auto hat keine Bremsspur, sagt der Verkehrspolizist.

Aber sie weiß sowieso nichts mehr. Sie hängt über dem Lenkrad und denkt, jetzt geht es ab zu Petrus. Sie wurde erst rückwärts- und dann vorwärtsgeschleudert. Da ging der Sitz kaputt.

Der Verkehrspolizist sagt, schuld hat immer der, der auffährt, Käthe kriegt trotzdem keinen Stempel. Diese moralische Stütze kann sie gebrauchen, denn ihr Bein tut furchtbar weh.

Und sie guckt ganz langsam an sich herunter. Diesmal ist es die Kniescheibe.

Sie lässt sich nach Hause fahren, weil sie schon weiß, wie alles weitergeht. Den Bluterguss muss sie erst abwarten, bevor geröntgt werden kann.

Da liegt sie die Nacht zu Hause und kann nicht schlafen vor Schmerzen. Und sie denkt, wie viel Wodka haben sie wohl damals den Soldaten eingeflößt, damit im Krieg operiert werden konnte, ohne Narkose.

Am nächsten Morgen lässt sich Käthe in das Krankenhaus fahren. Dort kennen sie ihr Bein noch und sind beruhigt, dass es an einer anderen Stelle verletzt ist.

Laufen Sie nicht, sagt resigniert der Chirurg.

Aber Käthe hat noch die Krücken und hüpft in ihre Dienststelle. Dort wartet sie auf einen Patienten, den sie von weit her bestellte. Er wenigstens soll nicht umsonst kommen.

Bei den anderen muss sie sich für ein paar Tage vertreten lassen, sagt sie.

Aus dem beruflichen Alltag

Einmal träumt Lore, dass sie einer Frau, die in einer Badewanne voll Schaum sitzt, einen Strauß Rosen schenkt. Am nächsten Tag erzählt sie dieser Frau den Traum. So drückt sie ihre Zuneigung aus.

Sie hat starke Zuneigungen, nicht lange, aber immer nur zu einem Menschen.

Ihren Vater zu lieben hat sie wenig Gelegenheit. Er lebt jenseits der Grenze als Studienrat und ist wieder verheiratet. Mit einer jungen Dame, die ihrer Stieftochter Lore hin und wieder einen Katalog des Versandhauses zukommen lässt. Wenn die junge Dame es nicht verhindert, hofft Lore bald auf ein Auto und einen Farbfernseher über Genex. Ihre Mutter zu lieben hat sie auch wenig Gelegenheit. Die liegt nämlich gelähmt in einer Kleinstadt im Thüringischen und wartet auf Lores Briefe. Ihr Mann hat ein Gestell übers Bett gebaut.

Darauf können Lores Briefe zum Lesen gelegt werden.

Ihren Haushaltstag und einen freien Tag für den Sonntagsdienst nimmt Lore einmal im Monat zusammen und fährt zu der Mutter. Dort wäscht sie die Wäsche und erzählt von ihren beiden Kindern und der Arbeit.

Außer der Arbeit hat Lore noch einen Mann, der fällt nicht weiter auf. Wenn er sie auf der Arbeitsstelle besucht, schämt sie sich seinetwegen. Eigentlich wollte sie früher mal studieren, und nun macht er nicht einmal Fernstudium. Er sieht aus wie ein Facharbeiter, ist auch einer. Das kann sie ihm nicht verzeihen.

Lore schwärmt für ihren Chef. Wenn er sie lobt, wird sie rot. Was hat sie außer der Arbeit noch, und der ist gebildet. Bei einem Betriebsfest lädt sie ihn an die Bar ein und spendiert ihm ein Glas Sekt. Was Männer können, kann sie schon lange.

Nach dem Betriebsfest hat Lore Zeit, denn ihr Mann arbeitet in der Nachtschicht. Zeit und gemahlenen Kaffee zu Hause für den Chef.

Der Chef ist verheiratet. Mit einer großen, strengen Frau, die ihn schlägt. Soll er gesagt haben. Deshalb hat er vor seiner Frau Angst. Lore sagt zur Frau vom Rosentraum, dass ihn das von anderen verheirateten Chefs unterscheidet. Die anderen Chefs nehmen Rücksicht, weil ihre Frauen es mit dem Herzen, der Galle oder den Nerven haben.

In Anbetracht des Gefühlszustandes, in dem ihr Chef sich befindet, entscheidet sich Lore zur Scheidung und vorher zu einer Aussprache mit seiner Frau. Wenn er vor ihr Angst hat, wird er vor mir auch Angst haben, und vielleicht kann ich mit ihm leben, sagt sie.

Um einen gemütlichen Rahmen zu haben, schlägt seine Frau ein gemeinsames Treffen in einer Bar vor, ohne Lores Mann, aber mit dem Chef. In der Bar schildert die Ehefrau ihrem Mann und Lore ihre harmonische Ehe, die sie sich nicht zerstören lässt.

Lore geht allein nach Hause. Am nächsten Morgen sagt sie ihrem Mann, dass sie keinen Nachtdienst hatte und die weitere

Wahrheit. Er ist überrascht, schlägt ihr mit den Fäusten in die Augen und geht zur Arbeit. Sie geht auch zur Arbeit, aber nur, um sich zu zeigen. Um Zeugen zu haben. Sehr geschlagen sieht sie aus. Darum darf sie wieder nach Hause.

Der Chef geht mit seiner Frau zurück. Am Morgen sagt er zu ihr, dass er sie sehr liebt und die andere eine ganz leichtfertige Person sei. Dann fährt seine Frau ihn in dem garagengepflegten Wagen in die Dienststelle.

Als Lore von zu Hause anruft, teilt er ihr die nun klaren Verhältnisse mit, und als eine Stunde später Lores Schwiegermutter zufällig vorbeikommt, liegt Lore tot da. Von dem Anruf weiß niemand. Hauptaugenmerk richtet die Polizei auf die geschwollenen Augen.

Lores Mann kommt für eine Woche in Untersuchungshaft, dann wird er entlassen. Die Beerdigung findet unter Mitwirkung eines bestellten Redners statt, der über die infolge eines Unglücks Vielzufrühvonunsgegangene spricht. Der Chef ist nicht dabei, aber für den Kranz hat er gespendet. Lores Mann trägt einen freundlichen Sommeranzug.

Von jenseits der Grenze ist über Fleurop ein Grabstrauß gekommen, und ganz an der Seite steht ein trauriger alter Mann aus dem Thüringischen.

Ein halbes Jahr später ist Lores Mann wieder verheiratet. Zwei kleine Kinder brauchen doch schließlich eine Mutter. Diese Frau hat man früher schon oft mit ihm zusammen sehen können. Da das Kind, das sie in die Ehe mitbringt, ihm ähnlich sieht, kommt man gar nicht auf den Gedanken, dass es von einem anderen Vater sein könnte, wenn sie zu fünft am Sonntag spazieren gehen.

Der Chef erinnert sich bei gegebenem Anlass, bei Betriebs-festen zum Beispiel, oft und gern, wie er sagt, unserer lieben jungen Kollegin.

Vielleicht, denkt die Frau vom Rosentraum, vielleicht hätte Lore später doch noch mit einem Menschen richtig leben kön-nen. Und das macht sie traurig.

Der erste Tanz

Ich weiß nicht, was ich zu Ihnen sagen soll. Ich bin ein Trottel. Und Trottel haben kein Glück bei Frauen.

Ja, das mit der Kapelle kenne ich, aber was soll ich nun sagen. Mir fällt nichts ein. Den ganzen Abend habe ich Sie angesehen, das muss Sie doch gestört haben.

Wo ich gesessen habe? Na, an der Bar, ich habe ein Glas Sekt nach dem andern getrunken. Von der vierten Flasche an werde ich immer nüchterner.

Soll ich jetzt sagen, dass Sie gut tanzen? Ist gut. Und nun? Dass Sie mir gefallen? Das traue ich mich noch nicht. Wir kennen uns doch gar nicht. Ich dachte mir, dass Sie eine Frau sind, die nur gebildete Männer kennt, da kann eine Ausnahme nicht schaden.

Was soll ich noch über die Kapelle sagen? Dass der andersherum ist? Auf die Idee wäre ich gar nicht gekommen, aber mein Bootsmann hat ja auch was für mich übrig. Von der See, ich fahre zur See sozusagen, ich bin nicht Matrose, ich bin da ein Obertrottel, wenn Ihnen das was sagt. Ich bin ja auch deshalb in Zivil hergekommen, damit nicht jeder denkt, ich suche eine Frau und hab viel Geld.

Ich weiß, Sie denken das nicht. Darum sage ich ja auch, dass ich in Zivil hergekommen bin. Wir sind seit Freitag hier.

Was ist das für ein Tanz, etwa ein Tango? Den kann ich nicht.

Wenn es Ihnen recht ist, tanzen wir ihn wie den vorigen. Ich weiß nicht, was das für einer war.

Das Schiff, das Sie da draußen sehen, haben wir sehr preisgünstig eingekauft, aber meistens liegt es auf der Werft. Im Endeffekt rentiert sich dabei nicht einmal das billigste Schiff.

Warum es da liegt? Na, weil es nicht fährt, es fährt einfach nicht. Daneben liegt die Fähre. Vor Kurzem ist da ein Mädchen raufgerannt, aber es war die Fähre von uns. Da sollte man sich vorher an der Mole orientieren. Mit diesen Leuten haben wir immer Ärger. Wir müssen sie an Bord nehmen, wenn sie in ihren Paddelbooten über die Grenze wollen. Aber die rufen ganz von selber um Hilfe, wenn sie unterkühlt sind. Unterkühlt ist, wenn sie nicht wieder warm werden von alleine. Da helfen nur Kalorien. Wir geben ihnen Erbsensuppe und wickeln sie in Decken. Vor Kurzem haben wir ein Mädchen gerettet. Das war nach Kap Arkona unterwegs, schwimmend. Es hat gedacht, das ist Schweden. Es wollte in Schweden auf den Strich gehen und hatte sich schon einen guten Verdienst ausgerechnet.

Ja, sehen Sie, jetzt haben Sie den Tanz mit mir überstanden.

Den vorigen Tanz hat man mich auf ganz gemeine Weise ausgestochen, das müssen Sie auch sagen. Bloß, weil ich mir noch mein Jackett zugeknöpft habe, kam er schneller. Da wäre es am besten, Sie kämen mit mir an die Bar.

Nein? Das kann ich verstehen. Weil Sie zu dem Herrn nein gesagt haben, geht es auch nicht mit mir. Oh, wenn Sie das mit mir machen würden, hätten Sie die nächsten Urlaubstage ganz schön zu leiden. Ich würde mir da schon etwas ausdenken. Ich mache Ihnen einen Vorschlag, ich hole zwei Glas Sekt her, und die können wir bei Ihnen am Tisch trinken.

Einverstanden?

Also, wo war ich stehen geblieben? Ja, von den Leichen wollte ich Ihnen erzählen. Die Leichen sehen nicht gut aus, haben meist noch Schuhe an, aber kein Gesicht mehr. Einmal hatten wir eine längere Zeit an Bord, der Geruch war schrecklich.

Die am Nachbartisch sind Schweden. Die kommen gern mal übers Wochenende her. Weil sie doch solche Beschränkungen mit dem Alkohol haben. Meist gehen sie schon dun von Bord der Fähre. Hier kaufen sie sich noch eine Flasche fürs Hotelzimmer, und dann fahren sie am nächsten Tag zurück und sind zufrieden.

Sie wollen schon gehen? Ich kann Sie nicht zwingen. Aber ein schönes Hochzeitsfoto hätten wir trotzdem abgegeben.

Gute Nacht!

Taube Ohren

Er sitzt an der Bar. Mit einem nackten Gesicht. Wimpern und Augenbrauen und Haare haben eine Tarnfarbe. Oder sind es nur diese hellgrauen Augen? Sie sehen umher und bleiben haften. Am übernächsten Hocker. Bei einer Frau.

Darf ich Sie von Ihrem Glas entführen, fragt er beim nächsten Tanzbeginn. Ihr Augen-Make-up würde meiner Frau auch stehen, darf ich mal sehen, ich werde es ihr empfehlen, besuchen Sie uns mal, dann können Sie sich mit ihr darüber unterhalten. Ich habe wenig Sinn für solche Einzelheiten.

Er sagt das nur, sagt er, damit von Anfang an alles klar ist. Dass er verheiratet ist. Und zwar glücklich.

Ob sie Sorgen hat, fragt er. Er kennt sich aus in solchen Geschichten, schon beruflich. Aber er kann, sagt er stolz, die Arbeit vom Privatleben trennen. Wenn er von der Arbeit nach Hause kommt, trinkt er eine Flasche Sekt Piccolo mit der Gattin. Aus dem Kühlschrank. Und wenn die eine nicht reicht, trinkt er noch eine. Man muss die Sorgen der Leute abschütteln, sagt er. Sollen die doch selber mit sich fertigwerden. Er lässt sich von denen, die ihm tagtäglich in den Ohren liegen, nicht die Stimmung verderben. Man muss schon abschalten, wenn sie anfangen.

Glauben Sie mir, sagt er. Sie brauchen auch einen, dem Sie alles erzählen können. Wenn man Sorgen hat, und die hat sie, das sieht er, sagt er, braucht man einen mit tauben Ohren. Einen, der da ist und nichts versteht. So einer wäre er. Und er bietet sich dazu an. Am nächsten Tag zu einem Spaziergang oder noch heute in seinem Hotelzimmer. Auf dem Balkon hat er schon eine Flasche Sekt kalt gestellt. Im Winter braucht man keinen Kühlschrank.

Sie will keinen mit tauben Ohren. Sie will einen mit Ohren, die hören, wie das Gras wächst. Sie sagt nein.

Und er weiß nicht, wie er das verstehen soll. Er ist doch zum Urlaub hier. Ohne die Gattin, leider. Denn sie ist gerade entbunden worden. Von ihrem zweiten Kind. Einem Mädchen.

Eine unmögliche Geschichte

I.

Ich bin einfach unmöglich.

So, wie ich bin, kann mich einfach keiner lieben. Keiner. Mein Mann nicht und *er* auch nicht. *Er* schon gar nicht. Den letzten Rest *seiner* Liebe mach ich nun auch noch kaputt. *Er* hat zwar noch nichts gesagt, und *er* wird es sich auch nicht anmerken lassen. Aber ich muss *ihm* einfach auf die Nerven gehen. Denn als *er* mich liebte – und *er* hat mich geliebt für *seine* Verhältnisse, da bin ich ganz sicher –, war ich doch ganz anders als jetzt. Richtig glücklich. Wenn *er* mich geliebt hat, als ich lustig war und selbstsicher, hat *er* mich doch so geliebt, wie ich damals war. *Er* konnte doch nicht damit rechnen, dass ich umkippe. *Er* kann mich doch gar nicht mehr lieben, weil ich jetzt das Gegenteil von damals bin.

Vorige Woche habe ich es *ihm* gesagt. Dass es schon gar nicht mehr um *seine* Frau geht, vor ihr habe ich jetzt keine Angst mehr. Wirklich, seitdem *er* ihr alles gesagt hat und sie mich toleriert – vielleicht ist sie sehr diplomatisch. Ich könnte das nie an ihrer Stelle. Gut, *er* hat versprochen, dass *er* bei ihr bleibt und dem Kind. Jetzt erinnere ich mich. *Er* sagte im vergangenen Jahr einmal zu mir, wir lagen gerade noch im Bett, wenn du klug wärst, könntest du mich ganz schön in Konflikte bringen. Vielleicht hat *er* sich sogar gewünscht, dass ich *ihn* vor vollendete Tatsachen stelle. Ein Kind kriege von ihm zum Beispiel.

Von älteren Rechten will ich gar nicht sprechen. Die existieren für mich nicht.

Ich habe sowieso schon allen Stolz vergessen. Aber ich glaube, dass sie besser zu *ihm* passt. Sie ist schon genauso resigniert wie *er*. Und bei mir müsste *er* sich aufraffen. Zu leben. Ist doch so.

Ich bin unmöglich. Wenn ich *ihn* von vornherein richtig eingeschätzt hätte, wäre ich viel zurückhaltender gewesen. Das macht eine Frau doch überhaupt erst interessant, wenn ein Mann um sie werben muss. Aber *er* braucht bloß den kleinen Finger krumm zu machen, gleich reiße ich mir ein Bein aus. Wenn *er* was will, mache ich es möglich. Und wenn ich alles verschiebe und absage.

Aber wenn ich mal was möchte, kann bei *ihm* durchaus was dazwischenkommen. So wie vorige Woche. Mein Mann wollte abends noch zu einem Klubabend in den Betrieb. Ich bat ihn, bleib doch zu Hause, lass mich nicht allein. Aber er hatte es versprochen und ich keine Lust mitzugehen.

So blieb ich allein, ich fühlte mich richtig verlassen. Dann rief ich *ihn* an. Denn ich wusste, dass *seine* Frau verreist war. Aber *er* sagte, *er* sei müde, habe den ganzen Tag gearbeitet und liege schon im Bett. Ich kann mich doch nicht noch mehr anbieten.

Was mich wundert, ist, dass *er* mir immer wieder sagt, *ihn* stört an mir nichts. Dann muss *er* mich doch leiden können, oder bin ich *ihm* so gleichgültig, dass *er* darüber gar nicht nachdenkt und mich nur beruhigen will. Dass *er* mich nur nicht verlieren möchte. Aber wozu braucht *er* mich. *Er* hatte vor mir doch nie Freundinnen nebenbei, vielleicht habe ich *ihn* so leichtfertig gemacht und *er* mich so traurig. Dass wir uns beide in unser Gegenteil verwandelt haben.

Aber *er* ist nicht leichtfertig. Sonst würde *er* nicht bei *seiner* Frau bleiben. Für *ihn* spielen eben Verantwortung und Moral eine große Rolle. Und weil *seine* Frau mich nicht verachtet und mich toleriert, denke ich manchmal, sie sind beide mehr wert. Denn ich würde mich sofort scheiden lassen, wenn ich nur sicher wäre, dass *er* bei mir bleibt. Und ich beneide auch *seine* Frau, ja, ich beneide sie. Um jedes Abendbrot und jedes Gespräch mit *ihm*. Und *er* muss sie doch auch achten, wenn sie so geduldig ist. *Er* sagt selbst, eine andere Frau würde das alles nicht mitmachen.

Er meint sie damit. Das ist das Schlimme, *er* meint sie. Dass eine andere Frau an meiner Stelle das ganze Theater nicht mitmachen würde, das bedenkt *er* nicht. Was ich alles auf mich nehme, ist selbstverständlich.

Wenn ich das zu *ihm* sage, nimmt *er* mich in den Arm und sagt, dich liebe ich ja auch. Das kann man nicht vergleichen. Wir unterhalten uns über ganz andere Sachen, sagt *er*. Nun möchte ich wissen, was das für andere Sachen sind.

Das hab ich *ihm* ja auch geglaubt, dieses Märchen vom Ich-hab-nichts-mehr-mit-meiner-Frau. Das soll angeblich *ihm* und ihr keinen Spaß mehr machen. Bin ich denn für *ihn* nur dafür da?

Nur dafür ist nicht der richtige Ausdruck. *Er* hat schon was, dass ich nicht viel nachdenke. *Er* kann eben mit mir umgehen, ganz im Gegensatz zu meinem Mann. Mein Mann weiß, dass ich neben ihm einfach noch jemand haben muss, der nicht so sachlich ist und vor allem nicht so schrecklich normal.

Für meinen Mann gibt es keine Probleme. Er sagt, du spinnst. Lies nicht so viel, da kommst du bloß auf dumme Gedanken. Er sagt, nachdenken, zu einem Entschluss kommen, danach handeln. So soll ich auch leben, das will er.

Dass *er* ein anderer Mann ist als die Männer früher, spürt mein Mann am eigenen Leibe, denn jetzt bin ich nämlich treu, ich bin *ihm* treu.

Mein Mann sagt, dass er mich so, wie es jetzt ist, nicht lieben kann. Ich soll mich von Grund auf ändern. Das ist seine Meinung. Und ich glaube das auch, denn so kann es nicht bleiben. Ich muss irgendetwas falsch machen, was ganz Wichtiges. Sonst würde es doch wenigstens bei meinem Mann klappen. Er hat mich doch sonst immer geliebt und ist ziemlich anspruchslos. Aber dass er mich jetzt auch nicht mehr ertragen kann.

Wenn ich es mit meinem Mann nicht schaffe, der mich kennt, mit meinen schlimmsten Seiten, muss ich allein bleiben.

Er denkt, dass auch das Traurige und das Nachdenkliche zu mir gehört, auch meine Empfindlichkeit, alles zusammen. Und dass ich so bleiben werde, zwischendurch auch wieder mal glücklich, aber immer ganz oben und ganz unten. Eigentlich versteht *er* mich sehr gut. Warum kann ich *ihn* nicht ganz haben.

Ich hab eigentlich gar keinen Mann. *Der* eine versteht mich, *den* kann ich nicht haben, der andere erträgt mich gerade noch, unter der Bedingung, dass ich mich ändere, den könnte ich haben.

Es ist eine unmögliche Geschichte.

Ich bin unmöglich, eine andere Frau hätte sich längst entschieden. Andere sind so leicht zufrieden, warum muss ich so absolut sein.

II

Ich weiß nicht, was ich von meiner Frau halten soll. Sie geht fremd. Sie hat mir das selbst gesagt, sie ist sehr ehrlich zu mir. Ich hab es am Anfang nicht ernst genommen, weil sie öfter mal einen Flirt hatte. Sie ist sehr hübsch, jetzt hat sie allerdings gelitten, weil sie nicht schlafen kann, viel weint und auch nicht weiß, was sie machen soll.

Immer war jemand in sie verliebt, ich kenne sie nun schon acht Jahre. Wir waren richtige Kumpel, die Blumen von den anderen Männern hat sie mit nach Hause gebracht. Sie war wie ein Kind, hat mir alles erzählt, und ich hab zuhören müssen.

Die Männer haben ihr bald die Bude eingerannt. Bei Betriebsvergnügen brauchte ich gar nicht mitzugehen, sie wurde sowieso aufgefordert und an die Bar eingeladen. Sie bestand aber darauf, dass ich mitkomme. Für sie ist es wohl wichtig, verheiratet zu sein, als Rückendeckung, dass die Kollegen nicht schlecht von ihr denken oder sie bemitleiden oder annehmen, sie könnten mit ihr Schlitten fahren.

Unsere Freunde sind alle eigentlich ihre Freunde. Manchmal klingelt abends das Telefon ein bisschen zu oft.

Kein Mensch will mit mir sprechen, alle bloß mit ihr. Und ich weiß gar nicht, was sie immer alles zu erzählen hat. Meist ist das so ein Gefühlszeug. Wenn sie nicht da ist und jemand zufällig anruft, der sie sprechen möchte, frage ich auch, was es gibt und ob ich etwas bestellen kann, aber da kommt keine besondere Antwort. Nur so, heißt es, wollte mal sehen, wie es geht.

Sie sagt, sie liebt den andern, aber es kann nichts draus werden, und mich liebt sie nicht. Aber ich soll warten und Geduld haben und nicht weggehen, weil wir es noch einmal versuchen müssen.

Weil es mit dem andern nichts wird.

Das ist hart.

Sie sagt, ich hätte eine Chance, ich sollte zärtlich sein und freundlich und nicht so verschlossen und nicht dauernd unzufrieden mit ihr, ein bisschen wenigstens wie der andere Mann. Aber an den komme ich nie ran. Der kann sich erlauben, was er will. Sie dreht alles so, dass er gut dabei wegkommt. Und ich darf nichts gegen ihn sagen, sonst weint sie sofort und sagt, er verstehe sie besser.

Ich hab es nie so weit kommen lassen, wenn ich mal eine Freundin hatte. Erstens hab ich zu Hause nichts erzählt, zweitens habe ich der Freundin keine Hoffnungen gemacht, und drittens hab ich immer weggehört, wenn sie mit Liebe anfing. Familie geht vor.

Meine Frau hat sich einfach nicht an die Spielregeln gehalten.

Entweder wird es wie früher und damit erträglich, oder wir müssen uns trennen. Ich mache meine Entscheidung von ihr abhängig. Wenn sie sich von Grund auf ändert, könnte ich bei ihr bleiben. Von Grund auf ändern heißt: wieder mit mir schlafen, den andern nicht mehr lieben, gute Laune haben und nicht weinen. Ich lass mir doch von ihr mein Leben nicht versauern.

Manchmal wünschte ich mir einen Freund. Dem möchte ich mal alles erzählen. Ein anderer muss mich doch für einen kompletten Idioten halten, weil ich das mitmache.

Vorige Woche hatte ich in ihrem Betrieb zu tun, eigentlich wollte ich mit ihr mittagessen. In ihrem Zimmer war sie nicht, darum ging ich in die Kantine. Und da sah ich sie mit ihm.

Sie hat ihn angesehen und gar nichts gesagt. Ich dachte, jeden Moment kommen ihr die Tränen. Da sahen sie mich stehen, und ich grüßte von Weitem. Aber ich setzte mich woandershin, ich kam mir plötzlich so störend vor, dass ich die Suppe ohne einen Blick nach rechts oder links in mich reinlöffelte. Und plötzlich saß sie neben mir. Freundlich war sie, wie lange nicht. Ich weiß einfach nicht mehr, was ich von ihr halten soll.

III.

Ich bin schwanger, und mein Mann hat eine Freundin.

Landläufig betrachtet müsste ich unglücklich sein, aber ich fühle mich ganz wohl. Es ist ein Wunschkind. Mein Mann wollte eigentlich nicht, weil er meinte, ein zweites Kind würde die Lage noch mehr verkomplizieren. Aber ich dachte, es vereinfacht alles.

Er liebt mich nicht, wenn man dieses Wort heutzutage überhaupt noch in den Mund nehmen kann, ohne zu erröten. Aber er hält zu uns. Wenn das Kind erst mal da ist, wird er an ihm hängen, genau wie an unserer Kleinen. Die bringt er jeden Abend ins Bett und erzählt ihr noch etwas. Darum kommt er auch pünktlich nach Hause. Und ich versuche, es uns so gemütlich wie möglich zu machen. Wir brauchen das beide, die Büroarbeit beginnt jetzt schon, mich anzustrengen. Und er hat auch sehr viel zu tun.

Wenn die Kleine schläft, setzt er sich vor den Fernsehapparat oder noch mal an den Schreibtisch. So gegen acht Uhr mache ich uns einen Tee, und dann sitzen wir noch zusammen, jeder beschäftigt sich mit etwas anderem. Aber wir leben friedlich zusammen. Ich weiß, dass viele diese Betonung des Häuslichen belächeln. Ich kenne seine Lieblingsgerichte und koche sie, an Ordnung und Sauberkeit bin ich schon von meiner Mutter her gewöhnt, der Haushalt geht mir leicht von der Hand. Dabei bin ich bestimmt keine zurückgebliebene Hausfrau, wie sie in den Fernsehspielen oft zu sehen ist, denn wir können uns auch über seinen Beruf unterhalten. Mir fehlt eigentlich nichts. Bloß neulich fiel mir auf, dass er mich schon eine Weile nicht beim Vornamen anredet, sondern nur noch mit Mutti.

Ich bin sicher, dass er meine Ruhe und meine Beherrschung schätzt, dass er mich überhaupt schätzt und achtet. Wir kennen uns schon eine Ewigkeit. Ich brauche ihn sehr. Er weiß das auch. Ich habe gesagt, dass ich mir das Leben nehmen würde, wenn er mich verlassen sollte. Ich sah, dass ihn das sehr erschreckte. Doch wollte ich ihm gar nicht drohen, nur sagen, wie es ist. Ich habe außer ihm keinen Menschen, überhaupt keinen. Im Dienst halten sie mich für selbstsicher. Er allein weiß, dass ich ohne ihn hilflos wäre. Ich bin schon ganz zufrieden, wenn er nur bei mir bleibt. Ich kann ihm seine Freundin nicht einmal verdenken. Denn dieses Sinnliche und Unberechenbare, das man oft den Frauen zuschreibt, hat sie wohl in starkem Maße.

Im Gegenteil, ich bin beruhigt, seitdem ich sie kennengelernt habe. Bei einem Theaterbesuch war das. Zwischen uns war ein Platz frei. Sie ist mir gleich aufgefallen, das muss ich sagen. Ich ging an ihr vorbei, um mich auf meinen Platz zu setzen, da fiel mir sofort ihr Parfüm auf, leicht, nicht blumig, eher etwas herb. Als ich mich gesetzt hatte, sah ich noch einmal zurück, sie sah mich auch an. Aber sie wendete den Kopf gleich weg. Sie trug

einen dunkelbraunen seidenen Hosenanzug, die Haare schim-
merten, aber keine einzige Locke, kein Schmuck, nur um die
Augen war sie geschminkt.

Ihr Blick, der fiel mir auf. Man nennt so etwas wohl spre-
chende Augen. Mein Mann kam erst, als die Vorstellung schon
begonnen hatte.

Zu meiner Verwunderung fasste er sie in der Pause beim
Ellbogen und machte uns miteinander bekannt. Als er den
Namen nannte, wusste ich gleich, wer sie war. Und sie wurde
rot, bekam richtige Flecken am Hals. Ich spürte den Respekt,
den sie vor mir hatte. Das machte mich sicherer. Dann be-
merkte ich aber auch seine Unsicherheit, wie sehr sie ihn ver-
wirrte.

Ich versuche seitdem, ihm in unserem Zusammenleben vor
allem das zu bieten, was ihn beruhigt und was er bei ihr nicht
finden wird.

Ich lasse ihn einfach in Ruhe, in jeder Beziehung. Ohnehin
hatte ich in den letzten Jahren das Gefühl, dass er mit mir im
Bett nur beisammen war, um mich als Frau nicht zu verletzen.

Mit dieser Frau werde ich rechnen müssen. Und wohl auch
leben.

IV.

Ich bin in einer sehr schwierigen Lage. Ich dachte nie, mir
würde so etwas einmal passieren, denn ich hielt mich für abge-
härtet.

Bis vor einem Jahr.

Ich habe mir bis dahin auch bestimmt nichts vorgemacht, es ging wirklich gut, beruflich, persönlich, ich habe auf einem festen Fundament gelebt. Und ich hatte immer das Gefühl, dass ich mit meiner Frau eine vernünftige Partnerbeziehung aufgebaut hatte. Sie ist ein friedlicher und ruhiger Mensch. Und ich kann mich hundertprozentig auf sie verlassen.

Nur mit dem Kind, das sie jetzt erwartet, ist es anders. Da hat sie mich überrumpelt. Dass sie mit fast vierzig noch ein Kind will, hätte ich nicht geglaubt. Es ist mir auch *ihr* gegenüber unangenehm. Ich hatte *sie* nicht direkt angelogen, aber *sie* musste aus allem, was ich von meiner Ehe erzählte, annehmen, dass es sich um eine Kameradschaftsehe handelt. Das mit dem Kind erzählte ich *ihr* auf einer gemeinsamen Reise. Draußen war Herbst, mir kam mein Leben richtig vergoldet vor. Für einen Tag hatten wir ein Zimmer in einem Dorfgasthaus.

Wir frühstückten im Bett, weil *sie* sich weigerte, aufzustehen. *Sie* weigerte sich sogar, selber zu kauen. Jeden Bissen steckte ich *ihr* einzeln in den Mund und half *ihr* beim Kauen, eine Hand sollte ich auf den Nasenrücken und die andere unter das Kinn legen. Solche Ideen hat nur *sie*. Schließlich stand *sie* doch auf, ließ sich von mir waschen und anziehen.

Dann gingen wir an Kuhställen vorbei. *Sie* kläffte wirklich so lange, bis die Hunde antworteten. *Sie* ärgerte auch die Ziegen, die Hähne und die Schafe. Als ich *sie* glücklich aus dem Dorf heraus hatte und wir am Waldrand ankamen, wollte *sie* getragen werden. Es war nichts zu machen, *sie* ist auch so leicht, dass es mir richtig Spaß machte. Mit *ihr* werde ich wieder unvernünftig.

Ich dachte nicht, dass ich das noch kann, das war ganz zugeschüttet bei mir.

Sie ist so, dass ich immer weiß, wie ihr zumute ist. Manchmal lacht *sie*, weil *sie* etwas komisch findet, das niemand sonst bemerkt hat, zum Beispiel, dass Enten von hinten wie ganz schnell laufende Hausfrauen aussehen; oder dass der Gastwirt ein Gesicht hat wie eine Mischung aus Bulldogge und Kamel. Ich kann seitdem keine Ente mehr unbefangen ansehen. *Sie* ist ein wenig kindlich und sehr weich, genau die richtige Mischung, finde ich. Nur fragt *sie* mich immerzu, ob ich *sie* liebe und ob *sie* nicht viel zu anstrengend für mich ist. Dabei gefällt *sie* mir doch gerade so, wie *sie* ist.

Dass *sie* mich ermutigt hat, viel mehr ich selber zu sein, fällt *ihr* gar nicht auf. Auch nicht die Versuchung, mit *ihr* zusammenzuleben.

Sie soll nicht merken, dass ich Angst davor habe. Damals, bei dieser Reise, war *sie* unbeschreiblich zu mir, so, dass ich eine Lösung von meiner Familie schon erwog. Ganz ohne Frage würde meiner Frau unsere Tochter zugesprochen werden, denn es gibt keine Einwände gegen sie.

Da sagte ich mir plötzlich, du musst Abstand zu *ihr* haben, *sie* frisst dich sonst auf. Und ich sagte rasch: Meine Frau bekommt übrigens ein Kind.

Dabei stand das noch gar nicht so fest. Denn meine Frau hätte sich natürlich nicht gegen meinen Willen durchgesetzt. Und ich war mir bis zu diesem Augenblick auch noch nicht sicher, ob ich ihr nicht zu einem Schwangerschaftsabbruch raten sollte. Aber jetzt war mir klar, gegen *diese Frau* musste ich einen Schutz haben.

Sonst werde ich zu einem kleinen, verspielten Kind.

Ich kann mich *ihr* nicht einfach überlassen, nachher lässt *sie* mich irgendwann allein. Ich bin immerhin sechzehn Jahre älter.

Sie liebt mich, glaube ich, weil ich *ihr* überlegen erscheine und verständnisvoll und zärtlich. Weil *sie* Geborgenheit braucht wie kaum sonst ein Mensch. Was soll *sie* mit mir, wenn *sie* erst merkt, wie ich ganz innen bin. Ich weiß es ja selbst nicht.

Kurze Pause

Es herrscht Begeisterung. Bei den Menschen auf der Straße und bei den Menschen am Straßenrand, an den Fenstern, auf den Dächern, den Treppen, den Bäumen. Die am Straßenrand drängen sich, werden von den Dahinterstehenden gegen Polizisten geschoben, die mit Stricken die Straße absperren. Damit die auf der Straße ungestört weitergehen können. Die am Straßenrand wollen die Menschen auf der Straße sehen und ihnen zujubeln. Die auf der Straße wollen denen am Straßenrand zuwinken.

Auf der Straße marschieren die Gastgeber des letzten Treffens an der Spitze. Dann folgen die anderen nach dem Alphabet. Vor jeder Delegation trägt einer eine Tafel mit dem Namen ihres Landes. Manche am Straßenrand kennen nicht alle Länder. Dann fragen sie die neben ihnen Stehenden, wo dieses Land liegt.

In der Sprache seines Landes stimmt einer auf der Straße einen Sprechchor an, dann einer ein Lied. Die anderen fallen ein. Manchmal kennen auch die am Straßenrand die Melodie und singen mit. Manchmal verstehen sie auch die Sprache und rufen mit. Manchmal rufen auch die auf der Straße etwas in der Sprache der Gastgeber. Manche auf der Straße marschieren, manche tanzen, manche haken sich ein und laufen. Viele sind in ihren Ländern den Kampf mit der Polizei gewohnt.

Die auf der Straße sind auch gewohnt zu denken. Das sieht man in ihren Gesichtern.

Einer von der Straße wirft sein Papierfähnchen zu einer am Straßenrand, einer eine Blume. Einer läuft aus der Reihe und schüttelt mehrere Hände, dann läuft er, um sich wieder einzureihen.

Aus über hundert Ländern sind sie auf diese Straße gekommen. Mit dem Flugzeug, mit der Eisenbahn, auf dem Schiff, zu Fuß.

Manche haben sich ein Plakat gemalt. Manche machen sich unkenntlich, binden sich ein Tuch vor den Mund oder setzen große Sonnenbrillen auf. Damit sie die Polizei ihres Landes nicht erkennt, falls ein Foto erscheint. Viele sind stolz darauf, dass sie hergeschickt wurden. Sie waren die Besten in einem Wettbewerb. Aber andere brauchten einen Vorwand.

Manche gaben ihr Gewehr weg für zwei Wochen.

Plötzlich bleibt der Demonstrationszug stehen. Der, der die Hände schüttelte, braucht sich nicht zu beeilen, um seine Gruppe einzuholen. Der die Blume warf, sieht nur noch einmal kurz zurück. Der das Fähnchen schenkte, unterhält sich mit seinem Nebenmann. Die Fahnen- und Schilderträger setzen ihre Fahnen und Schilder ab. Die sich eingehakt haben, lassen sich los. Der Zug ist ins Stocken geraten. Die am Straßenrand und die auf der Straße werden still. Sie sehen sich nicht mehr an. Sie sind sich so ungewohnt nah. Sie stellen sich auf die Zehenspitzen und sehen nach vorn, zu den anderen Fahnen. Ob die auch stehen oder schon wieder bewegt werden. Manche am Straßenrand bekommen Durst und gehen weg. Einige müssen mit einem Mal nach Hause. Andere bemerken plötzlich, dass sie auf einem Dach stehen. Und ihnen wird schwindlig. Die auf der Straße rücken sich ihren Gürtel zurecht und putzen sich die

Nase. Sie sehen vor sich auf die Straße. In dem fremden Land. Und möchten so gerne mit denen am Straßenrand sprechen. Aber was sollen sie sagen in der kurzen Zeit. Und wie?

Da klatschen die am Straßenrand wieder. Sie winken denen auf der Straße zu. Sie rufen ihnen Grüße zu, es lebe und willkommen. Die auf der Straße antworten mit einem Sprechchor. Der mit der Blume hat noch eine Blume und wirft sie lächelnd in die gleiche Richtung wie die erste Blume. Der die Hände geschüttelt hat, dreht sich noch einmal um. Er verschränkt seine Hände über dem Kopf. Und der mit dem Fähnchen stimmt ein Lied an. Ihre Körper richten sich auf.

Denn es geht weiter.

Folgerichtig

In dem Fußballstadion in Santiago hielten sie auch einen reichen Chilenen gefangen. Der sprach nie mit den anderen. An jedem Tag besuchten ihn seine Angehörigen. Mit einem riesigen amerikanischen Wagen.

Eines Morgens holten ihn seine Bewacher zum Verhör. Er lächelte sie dankbar an. Als sie ihn zu den anderen an die Wand stellten und ihre Gewehre auf ihn richteten, begriff er, warf sich auf die Knie und schrie, erschießt mich nicht, ich bin immer für euch gewesen, ich war immer gegen Allende, ich habe die Unidad Popular gehasst. Ich bin euer Freund, glaubt mir.

Sie erschossen ihn. Unregelmäßigkeiten waren nicht eingeplant.

Zu gleicher Zeit hielten sie auch einen alten Italiener gefangen, der immer ein Säckchen bei sich trug. Zu allen sagte er, morgen kommt mein Chef und holt mich raus, solch ein Missverständnis. – Die anderen trösteten ihn und verschwiegen ihm den Tod des reichen Chilenen.

Am nächsten Morgen holten ihn die Bewacher. Sein Chef erwartete ihn vor dem Stadion in einer großen schwarzen Limousine. Das Säckchen verstaute er als Erstes. Heroin. Von seinem Eigentum fehlte dem Mafia-Chef kein Gramm.

Wie es sich gehört.

Alles an einem Tag

Morgens ist der Platz eingestürzt. Einfach ein Loch war plötzlich da mit einer Stichflamme. Die Treppe, die über dem Loch stand, ist auch eingestürzt. Unter dem Platz war ein Tunnel, in dem es gebrannt hat. Da ist es dem Platz zu heiß geworden. Er hat sich geöffnet.

Morgens hat einer gelacht. Der lacht sonst nicht. Keiner versteht, warum die Frauen bei ihm bleiben. Er hat gelacht, als er an seinen Freund dachte. Wie der von einem Pferd fiel. Und dass er ihn gefragt hat, ob er immer so absteigt.

Zwei Tage später brachte er seinen Freund mit dem Auto zum Zug. Es hat vier Minuten gedauert, bis der Freund eingestiegen war. Im Schlafwagenabteil hat er wegen der Schmerzen die ganze Zeit gestanden und bei den Vorträgen am nächsten Tag auch. Vom Vorsitzenden ist er sogar wegen Unhöflichkeit getadelt worden.

Wenn er daran denkt, muss er immer noch über seinen Freund lachen.

Mittags hat einer Angst gehabt hinter seiner braunen Blindenbrille. Weil er immer schlechter hören kann. Wenn er das Glasgeräusch beim Schneiden nicht mehr hört, wird er nicht mehr an der Maschine arbeiten können.

Er geht nur noch mit seiner Frau aus dem Haus. Denn vor vierzehn Jahren ist er vom S-Bahnsteig auf die Gleise gestürzt. Weil ein Kollege ihn mitgenommen hatte, war er schneller als sonst gegangen, und als der Kollege weg war, wusste der Blinde nicht, dass er schon so weit vorn stand.

Mittags haben sich zwei zum Essen getroffen. Er hat viel von sich erzählt. Dass sein Sohn nachts an das Fensterkreuz im ersten Stock einen Gartenschlauch geknotet hat. Daran wollte der Sohn sich abseilen und seine Freundin besuchen. Sie ist drei Jahre älter und schon siebzehn.

Mit Vierzehnjährigen kann man nicht mehr reden wie mit Kindern, sagt er.

Und dann erzählt er, dass sich seine Frau an einer Blechdose geschnitten hat und ihren Arm in Gips tragen muss.

Sie erzählt, dass sie Platzkarten für ihn und für sich besorgt hat und dass sie sich freut. Auf die Reise mit ihm.

Nachmittags weiß eine nicht mehr weiter. Sie ist schon ganz leer geweint. Sie wohnt bei ihrem Freund und hat deshalb ihre Wohnung aufgegeben. Er wollte sie nie anmelden beim Wohnungsamt, weil er sich schämte. Denn er war verheiratet und seine Frau im Ausland. Das hat sie aber nicht gestört, weil sie geistig so gut übereinstimmten.

Dann lernte er ihre Freundin kennen. Für sie ist die Ehe nicht nebensächlich. Darum ließ er sich scheiden und will die Freundin heiraten, nachdem er sie im Urlaub ausprobiert hat und zufrieden ist.

Sie soll der Einfachheit halber mit der Freundin tauschen, denn die hat eine Wohnung. Wenn sie keine Schwierigkeiten macht, will er ihr die Umzugskosten begleichen.

Die Rechtsanwältin hat gesagt, sie soll bei so viel Großzügigkeit zugreifen, weil gereizte Männer sehr unangenehm werden können.

Abends geht eine nur deshalb nach Hause, weil ihr Kind auf sie wartet und weil das Kind so gern Abendbrot isst. Und das Kind ist noch gar nicht erwachsen und möchte ein weiches Tier haben zum Streicheln oder jemand, der noch ganz lange im Dunkeln am Bett sitzt und zuhört. Wie es heute gewählt wurde in eine Funktion und wie die Lehrerin eigentlich ein anderes Kind dafür wollte und wie alle dieses nicht wollten, weil es so viel kratzt.

Abends klingelt das Telefon. Es gibt noch jemand, der gern was erzählen möchte oder eine Stimme hören.

Abends geht jemand über eine breite Brücke. Bleibt am Geländer stehen und sieht in das Wasser am Wehr. Ein toter Fisch schwimmt weiß obenauf und dreht sich im Strudel. Eine Rechnung schwimmt hinterher. Sie war einmal ordentlich abgeheftet. Das sieht man an den Löchern am Rand. Jemand geht weiter im Dunklen und begegnet niemand, nur Autoaugen, grellen, starren, steht an der Kreuzung bei Rot, an der leeren Kreuzung, und wartet auf Grün.

Nachts bleibt jemand am Bettrand sitzen. Weil er sich nicht in das Bett legen will, das nachgibt, unter die Decke, die streichelt.

Fast wie ein Mensch. Das Licht ist weiter weg als das Dunkel, das nah ist und sich auf die Augen legt.

Morgens war da plötzlich ein Riss in der Erde.

    So, als ob man auf einer Staubhaut läuft.

    Unter uns kann sich die Erde öffnen.

Die Ausnahme

Der Wecker klingelt erst um sieben Uhr. Sie wacht auf, langt mit dem Arm über den Bettnachbarn und stellt den Wecker ab, lässt sich noch einmal auf den Rücken fallen, atmet tief aus und schließt die Augen. Dann macht sie das linke Auge auf, dann das rechte, guckt an die Decke und leckt sich die Lippen, richtet sich im Bett auf, zieht leise den Schlafanzug an, steht vorsichtig auf, geht zur Zimmertür. Öffnet, schließt sie, geht barfuß ins Nebenzimmer.

Hier schläft das Kind. Sie geht an sein Bett, berührt mit dem Zeigefinger seine Nasenspitze und sagt, aufstehn, es ist sieben Uhr.

Das Kind macht die Augen auf, rekelt sich, streckt sich, gähnt und fragt, wie spät isn dis? Sieben Uhr.

Hm.

Sie geht ins Badezimmer, tritt auf den Vorleger vor der Toilette und von dort auf den Vorleger vor dem Waschbecken, dreht den Warmwasserhahn auf, wartet, bis das Wasser warm ist, lässt den Zahnputzbecher ihres Kindes und ihren eigenen voll Wasser laufen, prüft mit dem Finger, ob das Wasser auch nicht zu heiß ist, gibt Mundwasser hinzu und drückt auf beide Zahnbürsten je einen Zentimeter Zahnpasta.

Wo ist mein Lineal, ruft das Kind.

Sie antwortet, du sollst deine Mappe doch abends packen.

Das Kind sagt, dass es dazu gestern keine Zeit hatte. Wo ist mein Lineal, ihr räumt immer bei mir auf, und dann finde ich nichts mehr.

Du musst doch wissen, wo deine Sachen sind, sagt sie und putzt sich die Zähne. Das Kind ruft, komm doch, du siehst es doch immer gleich.

Sie geht in sein Zimmer, öffnet die Schulmappe, sucht das Lineal und findet es zwischen den Seiten eines Schnellhefters.

Siehst du, sagt das Kind.

Sie geht in das Bad zurück, zieht den Schlafanzug aus, wäscht sich, trocknet sich ab und zieht den Schlafanzug wieder an. Dann geht sie in die Küche und ruft dabei, du kannst ins Bad.

Was soll ich anziehen, sagt das Kind.

Das musst du dir abends zurechtlegen.

Das Kind aber ruft, dass es abends noch nicht das Wetter von heute weiß. Wenn es regnet, muss ich Stiefel anziehen, wozu soll ich mir dann die Sandalen hinstellen.

Putz dir die Schuhe.

Ich habe sie doch erst gestern geputzt.

Schuhe müssen immer sauber sein.

Also, was soll ich anziehen?

Sonst fragst du mich ja auch nicht.

Mutti, wo sind meine Jeans.

Im Nähkorb.

Die möchte ich anziehen.

Die sind am Knie kaputt.

Bitte, näh sie mir noch.

Das Kind ist wie umgewandelt, zieht sich schnell an, bis auf die Hosen, läuft ins Bad, bewegt die Zahnbürste einmal im

Mund hin und her, kippt das Wasser auf einmal in den Mund, spuckt es in hohem Bogen wieder aus, dreht vorsichtig den Kaltwasserhahn auf, bis er tropft, benetzt seine Fingerspitzen und wischt mit ihnen die Augenwinkel aus.

Man soll sich mit kaltem Wasser waschen, das härtet ab, sagt es.

Dann läuft es in die Küche und fragt: Wo ist mein Frühstück.

Sie hat inzwischen eine Scheibe Brot abgeschnitten, mit Butter bestrichen und mit Marmelade verziert. Dazu gießt sie ihm Milch in eine Tasse und stellt die Tasse neben den Teller. Das Kind setzt sich auf eine Stuhlecke, trinkt die Tasse Milch und isst mit vier Happen die Stulle.

Du sollst doch die Milch nicht immer vorher und auf einmal trinken, sagt sie.

Ja doch. Beeil dich mit der Hose, ich muss gehen, du willst doch auch nicht, dass ich eine Eintragung kriege, wenn ich zu spät komme.

Sie näht den Riss in der Hose zum vierten Mal. Eigentlich müsste ich das Knie flicken, denkt sie.

Beeil dich.

Sie gibt dem Kind die Hose, es zieht sie schnell an.

Auf Wiedersehen, du bist ja heute da, ich nehme keine Schlüssel mit.

Tschüs.

Sie schließt leise die Tür, geht leise zum Bettnachbarn zurück und legt sich wieder neben ihn.

Ist es weg, fragt er mit geschlossenen Augen, ihr wart ja heute so leise.

Sie schlafen noch eine Stunde. Dann wacht einer auf und sieht, dass der andere ihn ansieht. Hast du ausgeschlafen?

Durch den Spalt zwischen den Übergardinen kann man das Wetter erkennen. Bei Sonne ist ein gelber Streifen an der Wand. Um diese Zeit müsste man immer aufstehen können.

Wollen wir aufstehen?

Mach erst mal die Gardinen auf.

Einer steht auf und öffnet das Fenster. Aus dem Tunnel kommt ein einzelnes Auto. Es hat eine auswärtige Nummer. Niemand ist auf der Straße.

Ich sagte dir ja, um diese Zeit sind sie schon alle draußen.

Der eine setzt sich wieder auf die Bettkante. Wollen wir aufstehen?

Der andere dreht sich langsam so, dass der Kopf neben dem Bein des Sitzenden liegt, und sagt, nein.

Und beißt ins Bein.

Durch den Schlafanzug geht mir das, sagt der eine, guck mal.

Ja, sagt der andere, Liegende, und beißt noch einmal richtig in das Fleisch, aber weniger schmerzhaft. Gut, dann stehen wir noch nicht auf.

Möchtest du noch etwas schlafen?

Etwas schlafen, ja.

Weißt du, warum für Schüler auf keinen Fall die Fünftagewoche eingeführt werden kann? Weil das Volk ausstirbt, wenn die Eltern nicht wenigstens einen Vormittag allein sein können. Das Fernsehprogramm ist abends erst so spät zu Ende.

Soll das eine Anspielung sein? So viel sehen wir doch gar nicht fern.

Nein, eine Anspielung auf unser Fernsehen soll es nicht sein.

Du, hör auf, nachher bin ich es wieder gewesen.

Bist du auch.

Wenn du jetzt nicht gleich aufhörst, schlafe ich nicht ein. Deine Schuld.

Da hast du einen blauen Fleck, sagt einer.

Zu mir ist ja keiner zärtlich, muss ich extra gegen den Schreibtisch rennen.

So nennt man das heutzutage.

Ich habe Frühstückshunger.

Gleich hast du noch größeren.

Das stimmt wirklich, nach einiger Zeit haben sie beide noch größeren Frühstückshunger.

Jetzt bekomme ich hier auch noch einen blauen Fleck.

Heile, heile Segen, drei Tage Regen, drei Tage Schnee, tut der blaue Fleck nicht mehr weh.

Beide pusten auf die Stelle und decken sich wieder zu. Um halb elf steht er auf, geht ins Badezimmer, wäscht sich, kommt zurück, setzt sich an den Bettrand, rasiert sich, sagt, das kitzelt, liest beim Rasieren in einem Buch, fragt, hast du mir eigentlich schon das Buch zurückgegeben, und trinkst du Tee oder Kaffee?

Kaffee haben wir nicht mehr, mach mal Tee!

Er geht in die Küche, setzt Teewasser auf. Als es kocht, gießt er etwas Wasser in die Kanne, spült die Kanne aus, gibt zwei Teelöffel Tee hinein und gießt kochendes Wasser darauf, ruft, kannst kommen, und deckt den Tisch. Mit Tellern und Tassen und Besteck und Butter und Brot und Kuchen und Marmelade und Wurst und Käse, mit Zitrone und Zitronenpresse und mit Kaffeesahne, falls sie heute den Tee lieber mit Milch trinken möchte. Er kocht noch zwei Eier, stellt sie in Eierbechern unter Eierwärmern auf den Teller, mit dem Salzfass daneben.

Sie richtet sich im Bett auf, als sie das Geräusch vom Eierabgießen hört, steht auf, wäscht sich, zieht sich an und kämmt sich. Dann setzt sie sich an den Frühstückstisch. Er hat inzwischen den Tee eingegossen und für sie ein Butterbrot gestrichen. Als sie kommt, merkt er, dass noch Eierlöffel fehlen. Er steht auf, holt sie, setzt sich wieder hin.

Wann kommt der Junge aus der Schule?

In einer Stunde.

Diese eine Stunde frühstücken sie, stellen das Radio an und essen das Frühstück von all den Morgen der vergangenen Woche.

Einer sagt, ich verstehe gar nicht, warum ich dir das gestern mit meinem Chef erzählt habe, ist doch ganz unwichtig, der war eben schlecht gelaunt.

Der andere sagt, heute werden wir mal richtig faulenzen, aber morgen muss ich was tun.

Ich auch.

Beide lehnen sich in ihren Frühstückssesseln zurück. Draußen regnet es, das Fenster ist voll kleiner, schräg herunterfließender Tropfen.

Da müsste es einen Regenbogen geben.

Da ist er.

Der Regenbogen ist jetzt das Wichtigste.

Sie gehen beide ans Fenster. Er legt den Arm um ihre Schultern, und nun sehen sie beide auf die Straße. Kinder kommen aus der Schule. Einige Spaziergänger kann man sehen und Menschen mit Einkaufsnetzen. Ach ja, die Kaufhalle hat heute geöffnet.

Beide setzen sich wieder an ihren Tisch und sehen sich lächelnd an.

Eigentlich gut so, nicht?, sagt einer.

Ja, sagt der andere. Sonst würden wir heiß laufen, so ganz ohne Kühlung.

Da klingelt es Sturm. Sie geht zur Tür und öffnet. Draußen steht das Kind, läuft mit Regenfußstapfen ins Wohnzimmer.

Ihr frühstückt ja noch, kann ich den Kuchen haben, was gibt es' n heute zu Mittag. Machen wir heute was, oder bleiben wir zu Hause. Wenn wir zu Hause bleiben, will ich Professor Flimmrich sehn. Heute Abend gibt es einen Krimi, Kirk und alle dürfen den sehen. Die dürfen überhaupt immer bis elf aufbleiben. Aber wenn du die Eltern fragst, sagen sie natürlich, das stimmt nicht, die Kinder sollen das auch nicht in der Schule erzählen. Du, und zur Wochenendfahrt sollen alle aus dem Elternaktiv mitkommen, kommst du nun mit?

Sie holt tief Luft und fängt an zu antworten.

Ein Hund

Das Kind möchte einen Hund.

Wir nicht.

Wegen der Stadtwohnung ohne Garten, wegen Urlaubsunterbringung, Hundefressen kochen, weil wir tagsüber arbeiten und nur abends zu Hause sind. Lauter vernünftige Gründe.

Das Kind möchte trotzdem einen Hund, würde dafür sein Taschengeld sparen, jeden Tag zum Fleischer gehen, in den Jagdverein eintreten, damit wir keine Hundesteuer zu zahlen brauchen, nicht mehr in den Urlaub fahren, in der Schule besser werden, sofort nach Hause kommen, nur noch oben beim Hund sein und Schularbeiten machen. Es zeigt uns auch einen Zeitungsartikel: *Vor allen Dingen ist es wichtig, schon im kleinen Kind die Tierliebe zu wecken. Darum gehen Sie so oft wie möglich mit Ihren Kleinen in den Tierpark, oder, noch besser, schenken Sie ihm ein Tier! Die Pflege dieses Tieres erzieht zu Verantwortungsbewusstsein und Stetigkeit.*

Wir sind, der Hundeanschaffungsdiskussion müde, zu einem kleineren Tier bereit.

Zum achten Geburtstag des Kindes fassen wir darum einen Entschluss und gehen zu einem Nachbarn. Aus seiner Wohnung piepst und zwitschert es nämlich den ganzen Tag. Er hat viele Wellensittiche. Wir entscheiden uns für ein blaues Pärchen und kaufen auch einen alten Vogelbauer. Dann schleichen wir mit dem Käfig, mit Wasser- und Futternapf, Futter, Sand, Kletter- stange und zwei schläfrigen, stillen Vögeln zurück in unsere Wohnung.

Am Morgen sehen wir das Kind fassungslos vor dem Käfig stehen. Es lässt die Vögel heraus. Sie wollen erst gar nicht, denn sie waren noch nie außerhalb des Käfigs. Dann fliegen sie unge- schickt über uns, und wir kommen uns vor wie in Hitchcocks Vögeln. Als sich die Wellensittiche auf der Gardinenstange beruhigen, fragt das Kind, ob man für sie auch einen Hund be- kommen hätte. Und am Abend, als die Vögel noch immer nicht sprechen können, fragt es, ob man dafür einen Hund eintau- schen könnte.

Die nächsten Nachmittage verbringt das Kind mit seinen Mitschülern vor dem Käfig und versucht, den Vögeln das Sprechen beizubringen. Wir erhöhen das Taschengeld, damit das Kind Spezialvogelfutter kaufen kann, das Intelligenz und Sprechenlernen fördert. So steht es jedenfalls auf der Tüte.

Das Kind bildet sich. Es liest in Brehm's Tierleben, Wellen- sittiche würden nur sprechen lernen, wenn sie einzeln aufwach- sen. Darum beschließt es, für Nachwuchs zu sorgen, den es dann in einem anderen Zimmer unterbringen will. Es kauft einen Brutkasten und Sägespäne zum Auspolstern und wartet. Aber die Vögel legen nicht. Als es eine Woche gewartet hat, baut das Kind den Brutkasten wieder ab.

Der von uns vorsorglich gekaufte neue Käfig wird von dem Pärchen bezogen, der alte Käfig in der Küche verstaut.

Wir fahren in den Urlaub, die Vögel nimmt solange der Nachbar für ein halbes Pfund Kaffee.

Nach den Ferien überlegt das Kind, was man in den alten

Käfig tun könnte. Als wir wieder einmal Vogelfutter, -sand, -spielzeug, -schaukeln, -näpfe und -wetzsteine kaufen, will das Kind einen Hamster oder ein Meerschweinchen. Um das zu verhüten, kaufen wir ein kleines Glasbecken mit einem Kampffischpärchen. Dazu natürlich Sand, Grünpflanzen, Ziersteine, Schnecken und Wasserflöhe. Weil der australische Krallenfrosch so niedliche Schwimmhäute hat, kommt er auch in das Becken. Der Verkäufer versichert uns, dass die Wasserflöhe sich vier Tage halten. Dann können wir ja neue kaufen.

Die zoologische Handlung ist günstig gelegen, mit Umsteigen nur sechs Straßenbahnstationen. Bereits am nächsten Tag, einem Sonnabend, sind keine Wasserflöhe mehr da. Am Sonntag befürchten wir das Schlimmste. Aber alle drei überleben: das Kampffischpärchen und der Krallenfrosch. Das Kind spielt mit dem Kampffischmännchen. Es hält ihm einen Spiegel entgegen, und das Männchen ärgert sich über seinen scheinbaren Rivalen. Und am Montag holt das Kind noch vor den Schularbeiten Wasserflöhe.

Vier Wochen geht alles gut, dann wird das Wasser undurchdringlich dunkelgrün und riecht faulig. Die Zierfischverkäuferin ist der Meinung, uns fehlen auf jeden Fall eine Sauerstoffpumpe und ein Filter, und wir kaufen sie. Das Kind sieht einen Nachmittag zu, wie sich die Schnecken im Wasser von den Luftbläschen der Pumpe in die Höhe treiben lassen. Dann hilft es beim Hundeausführen im Nachbarhaus.

Die Zeit der lebenden Wasserflöhe geht vorüber. Die Verkäuferin verkauft jetzt Würmer. Diese Würmer können wir auch selbst züchten. Wir sollen nur jeden Abend die Reste vom Abendbrot in die Zigarrenschachtel zu den Würmern legen, davon werden sie dick und rund. Als ganz besonderen Wurm-leckerbissen empfiehlt sie, Haferflockenbrei mit Spezialwurm-futter zu vermischen, denn das fördere die Vermehrung. Wir richten uns danach.

Die Würmer verhalten sich im Aquarium klug, sie kriechen sofort in den Sand. Wir können sie zwar noch sehen, aber die Fische finden sie nicht. Deshalb verfüttert das Kind die Würmer einzeln, und die Fische fressen aus seiner Hand.

Die Verkäuferin empfiehlt einen schwimmenden Wurmbe-hälter mit Löchern, aus dem die Fische sich die Würmer zupfen können. Das Kind kauft bei dieser Gelegenheit noch zwei schwarze Fische, weil sie so schöne Namen haben: Black Molly.

Die Vögel sprechen noch immer nicht. Der Fußboden ist ständig mit den Hülsen der Körner und vielen kleinen Federn bedeckt. Ein Staubsaugerproblem.

Ich berate mich mit meinen Kollegen. Auch andere Eltern haben Sorgen mit den Hundeersatztieren. Eine Kollegin hat ihrer Tochter eine Schildkröte gekauft. Nun kocht diese Kolle-gin jeden Abend Kartoffeln für das Tier und füttert es mit dem Löffel. An jedem Sonnabend badet sie die Schildkröte und reibt sie anschließend mit Speiseöl ein, damit der Panzer schön glänzt. Das hat sich die Tochter ausgedacht.

Inzwischen ist bei uns die Hundefrage wieder aktuell gewor-den, denn in unserem Haus existiert neuerdings ein kleiner schwarzer Pudel.

Als wir wieder zögernd verneinen, sieht es das Kind vorüber-gehend ein. Heute komme ich von der Arbeit, da hat es sich was für den alten Käfig mitgebracht. Meine Privathunde, sagt es. Es ist ein Pärchen weiße Mäuse.

Das Vorbild

Heute Abend will ich die Fortsetzung von dem sehen.

Guckt euch das auch an, nicht bloß immer so was für Erwachsene, Nachrichten und Politik und so.

Mutti, ich erzähl dir, was bisher war. Das musst du sehen. Und wenn nicht, geht ihr ins andere Zimmer, bitte. Bei Oma und Opa durfte ich das immer sehen. Die haben gesagt, gut, in den Ferien kannst du ausschlafen.

Also das handelt von einem Dichter, so was interessiert dich doch. Der ist auf einem Schiff, und das Schiff geht unter. Er ist der Einzige, der wegschwimmen kann und sich rettet. Da in der Nähe ist ein Robbenfängerschiff, und die nehmen ihn an Bord. Die stellen ihn als Kombüsenmann oder so was ein. Jedenfalls, die haben einen Kapitän, der ist so stark, dass er eine Kartoffel – krkss – in der Hand zerdrücken kann, dass der Saft rausspritzt.

Sieht man.

Und alle können den Kapitän nicht leiden, weil er so grob ist und sie anschreit. Jedenfalls, dem Dichter kommt der Kapitän irgendwie bekannt vor. Und wie der Kapitän so im Lexikon liest, der liest nämlich immer im Lexikon, um sich zu bilden, fällt dem Dichter plötzlich ein, also woher er den Kapitän kennt. Und denn guckt er so in die Luft, und denn sieht man dis wirklich, wie es war. Jedenfalls, sie stammten beide aus demselben Slum, so heißt das doch, wo solche Armenviertel sind.

Und sie haben damals immer zusammen gespielt. Und dann sind sie geflohen, das sieht man auch, wie sich der Dichter daran erinnert. Sie sind auf einem Dach von einem Güterzug geflohen. Dann hatten sie eine Weile auch noch einen Dritten, der floh auch mit ihnen. Jedenfalls hat sie so ein Rangierer entdeckt. Der Dritte ist nämlich unter dem Wagen versteckt gewesen. Und da ging der Rangierer lang und hat ihn mit einer langen Stange rausgestochert. Ich weiß nicht, der ist bestimmt nicht tot gewesen.

Bloß, der lag dann auf den Gleisen, und die beiden fuhren weiter auf dem Dach. Der Rangierer wollte auch die beiden runterholen, aber da haben sie sich gewehrt. Jedenfalls lag der dann auch unten. Und dann ist das mit dem Erinnern zu Ende.

Die vom Schiff wollen dem Kapitän einen Streich spielen, der gelingt ihnen nicht. Und da kommt der Dichter aus seiner Ecke und sagt, das habt ihr gut gemacht. Da wundern sie sich alle, dass er die ganze Zeit in der Ecke stand. Und nun wissen sie auch, dass er auf ihrer Seite steht.

Heute Abend ist der vierte Teil.

Du, Mutti, ich werde auch solange im Lexikon lesen, das Kinderlexikon kann ich ja schon auswendig. Soll ich mit dem Jugendlexikon oder mit dem von A bis Z anfangen. Vielleicht werde ich dann besser in der Schule, nicht?

Resi

Resi verdient jeden Montag fünfzehn Mark. Unversteuert. Von elf bis sechzehn Uhr. Dafür putzt sie Fenster, wäscht die kleine Wäsche, saugt Staub, wischt Staub, wischt auf und räumt auf.

Um sechzehn Uhr wäscht sie sich die Hände, zieht die Kleiderschürze aus, zieht ihr Kleid an, holt eine Zigarette aus ihrer Handtasche und setzt sich an den Tisch. Dann klingelt es. Sie macht auf und lässt sich vom Tag erzählen. Sie lässt sich Kaffee machen, den Tisch decken, und dann trinkt sie ihren Kaffee und raucht die zweite Zigarette. Manchmal kriegt sie ein Paar getragene Schuhe geschenkt oder getragene Kindersachen für den Neffen.

Resi ist arm. Sie wohnt mietfrei beim Bruder und seiner Frau. Am Montag isst sie hier, am Dienstag bei der Frau, die die Versicherung für sie bezahlt, am Freitag kocht sie für den verwitweten Schwager, am Sonnabend und Sonntag isst sie zu Hause von dem Stück Fleisch, das beim Schwager übrig bleibt, am Mittwoch und Donnerstag isst sie auch zu Hause, da fällt ein Teller für sie ab, weil sie für den Neffen kocht, dessen Mutter an diesem Tag in einer Gastwirtschaft aushilft.

Resi kauft sich kaum was. In der Woche ein Viertel Butter und am Sonnabend zwei Schrippen, im Monat ein Glas Pflaumenmus und einmal in der Woche hundert Gramm Teewurst. Sie zieht an, was man ihr schenkt. Das ändert sie sich. Auf den Wintermantel näht ihr die Freundin in jedem zweiten Jahr einen neuen Pelzkragen, denn die ist Kürschnergehilfin.

Resi hat Schneidern gelernt. Aber jetzt kann sie nicht mehr so mit den Augen. Sie konnte schon vor der Mauer nicht mehr so mit den Augen. Darum hat sie drüben bei Osram gearbeitet und schönes Geld verdient, eins zu vier. Aber nach der Mauer wollte sie sich ihre Zeit ein bisschen einteilen und ging im Haushalt arbeiten. Die Leute reißen sich um einen, und man hat sein Mittagessen.

Zuerst hat sie bei einer anderen Frau gearbeitet. Die wartete morgens schon, und wehe, wenn Resi einen Zug zu spät kam. Sie blieb dafür länger, da hat die Frau nicht geschimpft. Dort musste Resi sogar das Treibhaus sauber machen. Der Frau, bei der sie jetzt arbeitet, hat sie das gleich erzählt. Die sagte, den Garten lassen Sie, das ist mein Hobby. Hier bleibt sie erst mal.

Manchmal, am Wochenende, kriegt sie Besuch von einem Mann. Den kennt sie schon zwölf Jahre. Doch jetzt braucht sie keinen mehr zum Heiraten. Bloß immer Socken waschen. Damals, als sie noch heiraten wollte, war er noch verheiratet. Jetzt sagt sie sich, wozu mit einem Kerl belasten.

In ihrer Jugend ist Resi gern ausgegangen. Sie hat sich ausgetobt. Mittwochs kamen immer die Geschäftsleute. Und wenn sie einen an die Bar einluden und was springen ließen, wusste man gleich, die waren nett. Dann hat man sich verabredet. Damals gab es noch Tischtelefon und Spiegeltanzflächen.

Resi spielt regelmäßig Kanaster mit zwei Freundinnen. Um Zehntelpfennige. Vom Gewinn machen sie in jedem Jahr eine Busfahrt in die schöne Umgebung. Da ist auch Mittagessen dabei. Das Geld reicht noch für die Silvesterfeier. Für neun Pfannkuchen, drei Bratwürste, eine Flasche Rotwein, Salzstangen und eine Flasche Spezi. Auch mit den beiden Freundinnen.

Die eine Freundin ließ sich scheiden. Und kurz danach verunglückte der Geschiedene. Hätte sie doch wirklich noch die paar Wochen warten können. Wegen seiner Lebensversicherung. Die andere Freundin hat einen zwölf Jahre Jüngeren, Verheirateten. Aus dem gleichen Haus. Seine Frau kauft immer bei ihr Gemüse. Weiß aber nichts. Darum ist die zweite Freundin Silvester auch dabei.

Wenn Schulferien sind, bringt Resi am Montag ihren Neffen mit. Der wird nicht gefragt, was er essen möchte. Die Kinder werden viel zu viel gefragt. Aber sie unternimmt was mit ihm. Fährt mit ihm Fahrstuhl und Rolltreppe. Seine Eltern sind zu alt, die lassen ihm so was nicht mehr zugutekommen. Resi kauft ihm auch Schnellhefter. Seine Mutter weiß ja gar nicht, was das ist.

Resi ist katholisch. Wenn eine Katholische einen Evangelischen heiratet, ist das besser, als wenn eine Evangelische einen Katholischen heiratet. Weil sonst die Kinder nicht richtig beten lernen. Eine Mutter achtet doch mehr auf so was. Bei ihnen in der Familie haben alle Schwestern einen Evangelischen geheiratet. Da ging es gut. Aber der richtige Glaube ist es nicht.

Mandeln rausnehmen ist nicht richtig, weil man davon Krankheiten kriegt. An die Mandeln ließ ihre Mutter niemand ran. Wenn man Gürtelrose hat, muss man sie besprechen lassen. Aber man muss daran glauben. Wenn ihr was hilft, dann glaubt Resi auch daran.

Resi hat schon zweimal jemand in den Tod gepflegt. Erst die Mutter, weil alle Geschwister aus dem Haus waren und sie als Einzige unverheiratet. Später die Schwester. Resi wusste, dass die Schwester Krebs hatte, und sie weinte oft, beim Kaffee Montag um sechzehn Uhr. Sie kam dann sechs Wochen nicht. Da pflegte sie die Schwester, lag nachts auf einer Luftmatratze vor dem Bett und machte ihr die Lippen nass. Der Mann und die Kinder sollten nicht gestört werden. Die mussten doch am nächsten Tag wieder arbeiten.

Resi erbte das rote Jackenkleid und machte es sich enger. Der Mann der Schwester musste versorgt werden. Warum extra das Bett im Wohnzimmer machen. Sie schläft neben ihm in den Ehebetten. Und als er sich im Schlaf in ihr Bett dreht, hängt sie fast draußen. Vielleicht schläft er doch nicht. Sie sagt, er hat jemand gefragt, ob Resi ihn wohl heiraten würde, wenn das Trauerjahr um ist. Aber sie will nicht. Der erzählt so viel von Politik, und wenn sie bloß »hm« sagt, ärgert er sich, weil er so gern streitet. Er soll gesagt haben, dass sie ihm bloß die Wirtschaft zu machen braucht. Aber sie kennt die Männer.

Bei der Beerdigung der Schwester kommen auch die Westberliner. Mit Passierscheinen, aus einem familiären Grund. Resi kriegt von ihnen fünfzig Westmark für die viele Mühe.

Damit geht sie in den Intershop. Als sie dran ist, lässt die Verkäuferin sie erst mal warten. Dann kauft Resi eine Flasche Dujardin, fünf Büchsen Ölsardinen, fünf Tafeln Schokolade, zwei Tafeln Kinderschokolade, ein halbes Pfund Kaffee und eine Stange Zigaretten. Da staunt die Verkäuferin vielleicht.

Die beiden Freundinnen sollen am Wochenende zu Besuch kommen, und Resi will es nicht knapp haben.

Am nächsten Montag bringt Resi eine Tafel Kinderschokolade mit und schenkt sie. Sie hat so viel davon, und Kinder essen so was gern, sagt sie.

Tante Ellas Nachkriegslist

Tante Ella aus dem Schwarzwald bekommt nach dem Krieg Einquartierung. Einen französischen Offizier.

Vier Jahre hat sie in ihrem Häuschen im Granzbacher Weg allein gelebt. Ihr Mann starb im Ersten Weltkrieg, ihr Sohn ist in Gefangenschaft und ihre Tochter unter der Haube.

Nach und nach haben sich Tante Ellas Äppelwoi-Vorräte im Keller vermindert. Und nun, nach Kriegsende, ist nicht nur mit dem Wein, sondern auch mit dem Kaffee Schluss. Der Herr Offizier aber hat Wein, abgelagert und edel, und Kaffee, dessen Duft Tante Ella in ihrer Mansarde in die Nase steigt.

Eines schönen Julinachmittags, als Tante Ella sich wieder missvergnügt mit Zichorie und Apfelmus aus den Gartenäpfeln behilft, überlegt sie, wie sie auch etwas von den Reichtümern des Offiziers erhalten könnte. Ihr kommt eine Idee.

Am Abend zieht sie sich ihr braunes Musselinkleid an, setzt sich auf die Veranda und breitet vor sich auf dem Tisch Spielkarten aus. Als der Wein- und Kaffeebesitzer nach Hause kommt, muss er an ihr vorbeigehen. Er grüßt aber nur und wirft einen kurzen Blick auf sie.

Am nächsten Abend, als sie mit ihren Karten wieder am selben Fleck sitzt und er nicht so müde ist wie am Abend zuvor, bleibt er ein bisschen stehen, sieht auf die Karten und fragt, ob sie denn damit allein spielen könne.

Sie spiele nicht, sagt Tante Ella, sie lege sich nur die Karten. Das tue sie immer, wie könne sie sonst wissen, was nächstens passiert. Gerade eben habe sie von den Karten die Antwort auf die Frage erhalten, ob sie lieber Rhodeländer- oder Leghorn-küken kaufen soll.

Der Mann lächelt nachsichtig und wünscht ihr eine gute Nacht.

Ein paar Tage kommt er spät. Tante Ella sitzt umsonst auf der Veranda. Aber eines Tages ist der Herr Offizier schon um fünf Uhr da, als sie noch im Garten grüne Bohnen putzt, und bittet sie, ihm aus Spaß auch einmal die Karten zu legen. Er glaube natürlich nicht an so was. Aber wenn es mit Küken gehe, warum nicht auch mit anderen Dingen.

Tante Ella solle ihm sagen, welche von zwei Frauen er am nächsten Abend besuchen werde. Wird es die Fleischerstochter sein oder die Köchin in der Kaserne, die so traurig und zärtlich guckt und deren Mann noch in Gefangenschaft ist?

Tante Ella meint, da trage sie aber eine große Verantwortung, und sie werde sich große Mühe geben heute Abend. Ob es nicht eher gehe?

Nein, leider.

Am Abend zieht sie sich wieder ihr Feiertagskleid an und geht auf die Veranda. Er wartet schon.

Natürlich muss Tante Ella noch ein bisschen mehr wissen, um die Karten richtig befragen zu können.

Schließlich deckt sie die Karten auf, sieht lange und nach-denklich hin und sagt: Morgen sind Sie bei der Fleischerstochter!

Der Mann atmet erleichtert auf, lacht und sagt im Raus-gehen: Sie mit Ihren Karten!

Am übernächsten Tag bringt er ein Stück Fleischwurst mit und schenkt es Tante Ella.

In der nächsten Zeit steht er manchmal verlegen auf der Veranda herum, aber Tante Ella hat dort nichts zu tun. Da kommt er in den Garten und fragt, ob er nicht irgendetwas mitbringen könne. Die Deutschen bekommen wohl zurzeit nicht einmal Kaffee?

Ach woher, sagt Tante Ella, machen Sie sich nur keine Umstände. Extra für mich alte Frau. Ich brauch doch gar keinen Kaffee, höchstens fürs Herz. Aber da nehme ich ja meine Tropfen.

Nur nicht so bescheiden. Mir macht es doch nichts aus, entgegnet er. Sie können ja dafür mal wieder Karten legen. Mit der Fleischerstochter hatten Sie wirklich richtig vorausgesagt. Mit der anderen hätte es bestimmt Ärger gegeben. Stellen Sie sich vor, plötzlich kommt der Mann aus der Gefangenschaft. Die Tragödie.

Tante Ella sagt ja und muss sich deshalb das folgende Jahr oft den Kopf zerbrechen. Soll er nun Francois Urlaub geben oder nicht, seine Mutter besuchen oder nicht, die Fleischerstochter mit nach Frankreich nehmen, wieder an Lucie schreiben?

Seitdem bekommt sie nicht nur Kaffee, sondern manchmal auch Moselwein oder eine Flasche Zwetsch. Nachmittags brüht sie sich eine Tasse Kaffee auf, deckt den Gartentisch, setzt sich gemütlich hin und trinkt einen Zwetsch dazu. Sie muss sich stärken.

Denn am Abend wird sie wieder weissagen.

Der Friseur

Ich kenne ein Mädchen mit sehr schönen Haaren. Sie achtet nicht viel auf sich. Aber ihre Haare trägt sie wie eine Kostbarkeit. Ihre Haare sind blond, mit einem rötlichen Schimmer, sie hängen gerade bis zur Schulter, biegen sich dort leicht nach innen. Von der Mitte der Stirn bis zur Schulter sind sie schräg geschnitten, am Hinterkopf fallen sie erst ein wenig glatt, um sich dann weich zu bauschen.

Keine Locke, kein Haarlack. Sie nannte mir den Namen des Frisiersalons. Und dass es ein Mann sei.

Ich sehe mich schon am Morgen missgünstig im Spiegel an. Den Pony habe ich mir zu gerade und zu breit geschnitten, die übrigen Haare hängen herunter, ohne Biegung, nur an der Seite die Reste der Formwelle, gekräuselt. Ich nehme eine Schere und schneide mir an der einen Seite die krausen Haare ab. Wie hatte ich mir nur so etwas antun können. Es muss ein Tag wie heute gewesen sein. Nur einmal im Jahr, an einem unzufriedenen Tag, zum Friseur gehen und dann die Haare schneiden lassen, in der Hoffnung auf eine grundlegende Änderung im Leben. Dann wieder im Sommer die hochgesteckten Zöpfe bewundern, die man inzwischen auch hätte, an der See die schlanken Mädchen mit langen, wehenden Haaren, die ohne Badekappe ins Meer laufen. Die Haare schwimmen neben ihnen.

An diesem Morgen entschließe ich mich, zum Friseur zu gehen. Und zwar zu ihm.

Nach der Arbeit gehe ich in den Salon.

Ich soll Platz nehmen, setze mich auf einen Stuhl und bin von Spiegeln umkreist. Ich kann meinen strähnigen Haaren nicht ausweichen, draußen hat es genieselt.

Da kommt er. Sein Haar umrahmt das Gesicht in weichen Wellen, er trägt ein Batisthemd mit einem breiten weinroten Schlips, eine Weste schimmert durch den Kittel.

Ich habe Zeit für Sie, sagt er und lächelt meine Haare neugierig an. Ich helfe Ihnen aus Ihrem Jäckchen, das hängen wir am besten hierher, da haben Sie es gut im Blickfeld.

Wir gehen zu seinem Arbeitsplatz, links über dem Spiegel hängt sein Meisterbrief, rechts oben am Spiegel steckt eine Ansichtskarte mit dunkelblauem Himmel und alten Fischerkähnen. Auf dem Marmortisch neben dem Waschbecken stehen Flaschen mit ausländischen Namen. Umgefüllt, sagt er, als er meinen Blick bemerkt.

Ich lobe die Haare der jungen Dame und komme dann auf meine zu sprechen.

Die werden wir schon hinkriegen, mit ein bisschen Geduld, sagt er und kämmt sie durch. Ich schätze, bei Ihnen soll man auch nicht merken, dass Sie vom Friseur kommen.

Er beginnt zu waschen und zu massieren und zu frottieren und zu kämmen und zu schneiden. Offenbar hat er ein festes Bild davon, wie ich in einem Jahr aussehen muss, denn er deutet kurz an, wo die Haare noch wachsen sollen, wo das Deckhaar länger werden muss und der Pony schmaler. Die Reste der Formwelle kann er sichtlich auch nicht leiden.

Die Locken auf der anderen Seite habe ich mir heute Morgen abgeschnitten, gebe ich von selbst zu.

Er lächelt erst sich aufmerksam im Spiegel an, dann mütterlich mich. Da braucht man doch nur ein wenig Kaltwellflüssigkeit einwirken zu lassen, und schon sind die Haare wieder glatt.

Ich frage ihn, ob er eine Formwelle im Haar hat, er verneint. Er trockne sich die Haare mit einem Föhnkamm.

Wissen Sie nicht, wo ich eine Biografie von Stefan George bekommen könnte, fragt er mich nach einem nachdenklichen Schweigen. Mein Freund sucht sie, und ich würde ihm gerne die Freude machen. Er hat schon in vielen Antiquariaten gesucht, er bekommt sie einfach nicht.

Ich rate ihm, eine Annonce in der Abendzeitung aufzugeben, meine Freundin habe dadurch sogar Gasheizungskörper bekommen, vorgefahren im Auto, aber sie sollte sich die Autonummer nicht merken.

Da machen Sie mir ja direkt Hoffnung, sagt er und atmet erleichtert auf.

Er hilft mir unter die Haube und wendet sich einer anderen Frau zu.

Mit ihr redet er nicht ein Wort. Sie will die Haare toupiert haben, dass sie eiszapfenförmig vom Kopf abstehen, er tut alles schnell, und zum Schluss sprüht er viel Haarlack auf die Frisur.

Ich lese jetzt.

Dann bin ich dran.

Während er die Lockenwickler entfernt, die Haare durchbürstet und nur schwach mit der Bürste toupiert, erzählt er weiter von seinem Freund.

Der hat nämlich eine richtige Bibliothek. Wenn Sie irgendwas nicht wissen, sucht er so lange in den Lexika, auch von früher, bis er es weiß. Einmal hat meine Mutter ein altes Kochrezept gefunden mit irgendeinem Wort für die Menge, Scheffel, glaube ich. Jedenfalls suchte er nicht nur heraus, wie viel Gramm das jetzt sind, sondern auch, wie viel das im fünfzehnten und zwölften Jahrhundert waren.

Vielleicht war es eine Unze, sage ich.

Sie sind ja ein schlaues Kerlchen, sagt er da überrascht lächelnd zu mir. Lesen Sie auch so gerne Autobiografien? Mein Freund wollte mir jetzt schon zum dritten Mal die Autobiografie von Therese Giehse mitbringen, und jedes Mal haben sie das Buch an der Grenze einbehalten, und er konnte es sich am Abend wieder holen. Er ist ein bekannter Mann, und da fragen sie ihn schon immer am Grenzübergang, na, haben Sie wieder das Buch mit. Und er sagt, ja.

Was sollen wir da machen, fragt er mich, nimmt die Haarlackflasche, stellt sie aber wieder zurück.

Das Buch in eine Lederhülle und an der Grenze darin lesen lassen, in seinem eigenen Buch, antworte ich.

Da bindet er mir den blumigen Frisierumhang ab, ganz hübsch so, nicht, wir werden Sie schon hinkriegen, sagt er zufrieden in den Spiegel.

Draußen regnet es in Strömen.

Haben Sie einen Schirm mit, fragt er beim Rechnungschreiben.

Ich verneine.

Na, einen Schnitt haben wir jedenfalls erst mal drin.

Dann bringt er mich zur Kasse. Dort müssen wir ein wenig warten.

Sie haben recht, sagt er, er muss es einfach anders machen. Ich erinnere mich, einmal wollte er mir einen Gewürzständer mit französischen Gewürzen mitbringen. Als ihn der Offizier an der Grenze fragte, was er in dem Päckchen habe, sagte er, der Wahrheit entsprechend, ich will diese Gewürze meinem Freund schenken. Und wozu, fragte da der Offizier. Na, ich will damit unserer Liebe neue Würze geben. Da bekam der Offizier einen roten Kopf, wer weiß, was der gedacht hat, und ließ ihn durch.

Dann sind wir dran. Wir suchen in seinem Voranmeldungsbuch einen freien Termin. Ich bedanke mich, Trinkgeld ist unmöglich.

An der offenen Ladentür stehe ich, bis der Regen vorbei ist. Ich höre, wie die Dame an der Kasse zu ihm sagt, Fräulein Vera will nur noch zwanzig Minuten warten.

Ich höre, wie er gleichgültig antwortet, ich weiß.

Immerhin ist sie Ihre Freundin.

Er geht zurück zu seinem Arbeitsplatz.

Die Arme, im Kampf mit einem französischen Gewürzständer.

Trauriger Tag

Ihr Mann macht Grabdenkmäler.

Sie ist eine junge Frau und wohnt gleich am Friedhof. Er redet ja nicht, aber seit er sie geheiratet hat, blüht das Geschäft. Einer sagt es dem andern. Wenn jemand gestorben ist, geht man zu ihr und bestellt den Grabstein. Sogar mehrere Bahnstationen weit kommen sie angereist. Wenn das Geschäft geschlossen hat, klingelt man einfach an der Wohnungstür. Die ist im selben Haus wie das Geschäft. Abends und am Sonnabend und am Sonntag, immer kann man zu ihr kommen und ein Grabmal bestellen. Sie schickt nie jemand weg. Und sie ist eigentlich immer zu Hause. Da muss sie schon Geburtstag haben und ihren Mann bitten, kauf mir nichts, ich wünsch mir nur Theaterkarten. Dann sind sie abends nicht zu Hause.

Ihr Mann steht schon um fünf auf. Morgens muss sie ihn allein lassen. Daran hat sie sich gewöhnt. Er muss allein aufstehen können und sich seinen Tee selbst aufbrühen. Morgens darf man ihn nicht ansprechen, er wird sonst gleich böse. Da ist sie eben ruhig und wartet, bis er in der Werkstatt ist. Um halb sechs beginnt er jeden Tag mit der Arbeit.

Wenn er die Wohnung verlassen hat, steht sie auf, macht sich fertig und bereitet Frühstück für die Kinder. Sie schmiert ihnen die Schulstullen und schickt sie in die Schule, wäscht das Frühstücksgeschirr ab, macht die Betten und wischt Staub.

Um acht Uhr öffnet sie das Geschäft. So früh ist noch niemand da, es ist ja nicht wie im Lebensmittelladen. Um halb neun macht sie das zweite Frühstück. Dazu kommen ihr Mann und der Geselle, und sie sagen sich Guten Morgen.

Wenn nach dem zweiten Frühstück noch immer kein Kunde gekommen ist, geht sie auch in die Werkstatt und sieht nach, ob Arbeit für sie da ist. Vielleicht eine kleine Inschrift zum Vergolden. So etwas kann sie gut. Sie führt auch selbst Inschriften aus, man kann das sowieso nicht lernen, denn es ist Geschmackssache.

Die schwere Arbeit macht ihr Mann. Er macht nur eine kurze Frühstückspause, isst kurz zu Mittag, wenn die Kinder schon am Tisch sitzen, und kommt nur für eine halbe Stunde zum Abendbrot. Dann geht er noch mal in die Werkstatt, der Geselle hat Feierabend, und sie muss die Kinder ins Bett bringen. Vorher spielt sie aber noch Mensch ärgere Dich nicht mit ihnen. Denn Kinder wollen auch was von der Mutter haben. Um die Schularbeiten braucht sie sich nicht zu kümmern. Nur im ersten halben Jahr hat sie danach gesehen, bis sich die Kinder an Ordnung gewöhnt hatten.

Einmal in der Woche wird in der Stadt eingekauft. Sie ruft einen Tag vorher an und bestellt Fleisch. Ihr Mann fährt sie im Auto, damit sie nicht so schwer tragen muss und er sie immer sehen kann, besorgt und eifersüchtig. Außerdem ist sie so schneller wieder im Geschäft.

Sie hat keinen, der ihr hilft. Ihre Arbeit könnte auch kein anderer machen, die Bücher führen und die Steuern abrechnen. Und mit den Leuten sprechen.

Das ist das Schlimmste.

Mit den Leuten sprechen. Ein anderer kann sich nicht vorstellen, wie traurig das ist. Den ganzen Tag hört sie nur traurige Sachen. Von Gestorbenen. Denn aus einem andern Grund kommt ja niemand in ein Geschäft für Grabdenkmäler. Und die nicht traurig sind, tun wenigstens so. Manche sagen gar nichts. Um die macht sie sich die meisten Sorgen. Die können den Kummer nicht aus sich herauslassen, sie haben ihn in sich begraben. Ganz tief. Sie weiß, wie sie mit ihnen sprechen muss, damit sie zu weinen anfangen. Das ist dann wie eine Erlösung. Sie hat Angst, dass die Stillen sich sonst zu Hause umbringen. Schon öfter hat sie davon gehört. Von Kollegen ihres Mannes.

Manche lassen den eigenen Namen gleich mit eingravieren und das Geburtsdatum. Sie wissen dann, wo sie begraben liegen. Das beruhigt sie. Und die Erben brauchen nur noch den Todestag eingravieren zu lassen und zu bezahlen.

Wenn jemand für seine Eltern ein Grabmal bestellt, dann findet sie das nicht so traurig. Die Eltern haben ihr Leben gelebt, obwohl sie zwei Kriege mitmachen mussten. Waren zuletzt Rentner und haben hin und wieder zum Sonntag Besuch bekommen von den Kindern und Enkelkindern. Und haben schon mit dem Tod gerechnet. Manchmal rechneten auch die Kinder damit und mit dem Zimmer, das dann frei wurde.

Eher traurig findet sie, wenn von alten Ehepaaren der erste stirbt. Die Frauen kommen dann noch besser zurecht, die alten Männer weniger. Das Einkaufen und Saubermachen. Ihnen redet sie immer zu, bald in ein Altenwohnheim zu gehen.

Wenn von jungen Eheleuten einer stirbt, ist das natürlich auch traurig, und der Überlebende bestellt ein Grabdenkmal, geht aber nicht mehr allzu lange auf den Friedhof. Meist gibt er das Grab beim Friedhofsgärtner nebenan in Dauerpflege, noch bevor das Trauerjahr um ist.

Wenn nur solche kämen, würde sie es aushalten. Aber jedes Mal, wenn eine junge Frau kommt, hat sie Angst, es könnte ein kleines Grabdenkmal bestellt werden. Sie fragt schnell, wie alt der Gestorbene war, und atmet auf, wenn das Denkmal für jemand über sechzig Jahre sein soll. Doch immer wieder, unverhofft, wird ein Grabmal für ein Kind bestellt. Und dann weiß sie nicht, was sie sagen soll. Dann fällt ihr nichts zum Trösten ein. Dann möchte sie rauslaufen und ihren Mann aus der Werkstatt holen, der sowieso mit ihr schimpft, weil sie zu lange mit der Kundschaft spricht, sie soll lieber Inschriften vergolden. Dann soll er den Stein aussuchen und die Inschrift besprechen.

Ihm sagen sie kein Wort zu viel.

Und wenn, hört er nicht hin.

Der Friedhof

Dieser Friedhof ist schwer zu finden.

Ein hinkender und ein betrunkener Mann kennen ihn, der hinkende will uns bringen, aber der andere hält ihn zurück, keinen Umweg.

Alte Häuser stehen hier. In ihnen wohnen noch Menschen, aber wir sehen niemand. Nur eine alte Frau lehnt in einer Tür. Gegenüber sitzt ein alter Mann hinter der Gardine und sieht hinaus.

Ein paar Häuser weiter liegt eine Katze im offenen Fenster. Sie sieht den Tauben zu.

Um die Ecke ist der Eingang zum Friedhof, ein Holztor. Keine Kirche verrät ihn, eine hohe Steinmauer umgibt ihn.

Wir treten ein, sind die einzigen Besucher.

Ein großer, dunkler Friedhof, wohl wegen der hohen Bäume, kühl, still, nur die paar Vögel in den Baumkronen, Kaninchen nagen an den Baumrinden.

Gerade erst gestern waren wir auf einem Friedhof. Er liegt wie ein offener Garten an der Straßenbahnhaltestelle, und wir besuchten ihn, weil die Straßenbahn erst in zwanzig Minuten fuhr. Wir waren voll von Sonne und fröhlich, suchten nach Inschriften auf den Grabsteinen, zur Ermutigung der Lebenden oder zum Lob für die Toten: Unvergesslich bleibst Du den Deinen, die, untröstlich, dankbar Dich beweinen. Oder:

Für Deine Strebsamkeit auf Erden mög Gottes Lohn Dir droben werden. Auch die Toten kamen zu Wort: Lieber Gatte sei zufrieden, liebe Kinder weinet nicht, dass ich bin von Euch geschieden und vereint dem Weltgericht. Ich bin nur vorausgegangen, Euch im Himmel zu empfangen.

Ein kleiner Friedhof war das, für Familien, die sich untereinander kannten. Deshalb vielleicht die langen Inschriften: Aus der Lieben Arm geschieden, aber aus dem Herzen nie, Raum den Tränen, ach in Frieden, aber leider schon zu früh.

Es war laut auf dem Friedhof gestern, an einer Durchfahrtsstraße zu den Ausflugsgebieten. Nebenan im Garten saß eine Pfingstgesellschaft an einem langen, weiß gedeckten Tisch, die Männer in Zylindern, ohne Jacke, im offenen Hemd. Ich sah ihnen vom Friedhof aus zu. Plötzlich sahen sie mich und wurden ruhig. Doch bald fassten sie sich und prosteten mir zu. Ich kam mir vor wie vom Jenseits und konnte meine Hand nicht heben. Da wandten sie sich enttäuscht um und tranken weiter.

Die Straßenbahn kam, und unsere Wartezeit war vorbei.

Vielleicht ist es nur der Gegensatz zwischen den beiden Friedhöfen, der mir den Tod gestern nicht so traurig, eher selbstverständlich erscheinen ließ. Einer geht schon in den Himmel vor, dazwischen ein wenig Weltgericht, und die anderen, die das Grab noch harken, kommen bald nach, natürlich auch in den Himmel.

Hier auf diesem Friedhof geht es unpersönlicher zu. Hier sprechen über die Grabinschrift nicht die Toten zu den Lebenden, hier sprechen über die Grabinschrift die Überlebenden zu den Lebenden und oft mit Bibelsprüchen. Zum Beispiel: Sie hat getan, was sie konnte. Mark. 14,8.

Manchmal steht nur auf dem Grabstein: Psalm 23 – Punkt. Sollen doch die Neugierigen nachsehen, wie der heißt. Wer damals vorbeiging, kannte den Psalm 23, auch ohne Textangabe.

Hier geht es um Ruhm und Ehre: Gelebt mit uns in innigem Band, gekämpft, gestorben fürs Vaterland.

Hier ruhen in Gott die innigst geliebten und auf dem Felde der Ehre gefallenen einzigen beiden Kinder.

Hier ruht in Frieden der im Luftkampf für sein Vaterland Gefallene neben dem Direktor der Geheimen Kriegskanzlei im Kriegsministerium, dem Ritter des Eisernen Kreuzes 2. Klasse und des rothen Adlerordens und des St.-Annen-Ordens. In Frieden.

Ruhe sanft, Du tapfrer Degen, Du keinem Feind erlegen als nur dem Sieger Tod, einst lässt Dir's Gott gelingen, auch den noch zu bezwingen in ew'gem Sieges-Morgenrot.

Hier ruht der Leut. i. Rgt. Königs-Jäger z. Pfd., der mit dem Säbel in der Faust den Heldentod in Polen starb.

Vielleicht schützt Pathos auch?

Von den beiden einzigen Kindern fiel der eine am 9.6.1915, der andere am 14.6.1915. Der eine mit einundzwanzig und der andere mit neunzehn Jahren. Der eine bei Schauben in Russland, der andere bei Fehbach in Galizien. Nur fünf Tage Unterschied. Eltern und Geliebte haben es vielleicht am gleichen Tag erfahren.

Diese Frau ist mit vierunddreißig Jahren gestorben. Ihr Mann hat einen Obelisk für sie errichten lassen, der jetzt mitten auf dem Weg steht. Und wir gehen über ihr eingeebnetes Grab. Auf einer Seite des Obelisks steht: Dein Leben, war Dir's wenig – war Dir's viel? Ich weiß das eine nur: Du bist am Ziel. In Blumen durftest Du gebettet werden, Du hast die Ruh' nun, Erde ward zu Erden.

Diese Inschrift nach all den Ober-Militär-Intendantursekretären, Frau Oberstabsärzten und Oberstabszahlmeistern macht uns wieder die Traurigkeit eines einzelnen Menschen bewusst, der sich an einem so beschrifteten Stein vielleicht trösten wollte.

Und wir gehen voller Staunen, dass wir noch leben, eineinhalb Meter über den vielen früher Lebenden, auf dem feuchten, federnden Rasen, voller Erwartung durch das Holztor zurück.

Es dauert eine Weile, bis einer von uns etwas sagt. Und wir hören dem Satz nach.

Besuch bei der Töpferin

Ein Freund nimmt uns zu ihr mit.

Die Straße hat Kopfsteinpflaster, der Gartenzaun keine Pforte, im Vorgarten wächst langes Gras, man geht vom Hof aus hinein. Der Putz am Haus ist abgeblättert, aber eine Wand weiß gestrichen, so hoch wie Kinder reichen können, und bemalt mit roten Bäumen, gestreiften Hähnen, gelben Drachen mit Gesichtern. Bis zum nächsten Frühling.

Zu ebener Erde wohnt sie nicht, wir gehen ein Stockwerk höher, da ist schon das Namensschild, zwischen den Fenstern auf dem Treppenabsatz ein großer Spiegel, wir sehen uns darin, bevor sie die Tür öffnet. Ihr Gesicht ist voll kleiner roter Narben, die aschblonden Haare sind im Nacken zusammengebunden, sehr dünn ist sie, der Rock zu weit, mit einem Ledergürtel zusammengehalten. Die hellen Augen sehen unseren Freund an, hilflos und voller Vertrauen: Er wird schon die Richtigen mitgebracht haben.

Kommen Sie herein, ich habe noch nicht aufgeräumt, sagt sie leise.

Und wir gehen durch den Flur, an Garderobenhaken hängen Mäntel, Pullover, Hosen, Jeans, Oberhemden, Arbeitskittel, auf dem Fußboden liegen gestapelte Zeitungen, und in einem offenen Regal stehen Männer- und Frauenschuhe. Kerzen, Streichhölzer und Ata.

Ich gehe mal vor, hängen Sie Ihre Sachen da an die Haken, wo Platz ist, ruft sie.

Wir folgen ihr.

Setzen Sie sich.

Sie macht die Stühle frei.

Aber kommen Sie bitte nicht an den Tisch.

In der Ecke sitzt eine Zwanzigjährige an der Nähmaschine. Sie nickt kurz zu uns hin. Auf dem Fußboden steht ein Plattenspieler: ein französisches Lied.

Sie möchten vielleicht Tee?, fragt sie und geht hinaus.

Das Mädchen näht weiter. Wir sehen uns um. An der Zimmertür hängt ein Harlekin an zwei Schnüren. Wir probieren ihn aus. Die Wände sind weiß gekalkt. Zwischen der Tür zum Korridor und der Tür zur Küche hängen acht kleine Ölbilder. Zwischen der Küchentür und dem Fenster steht ein Regal mit einer Schreibplatte. Im Regal viele Bücher, meistens Taschenbücher, und verschiedene Tassen.

Auf dem Regal stehen ihre Porzellanfiguren, dabei eine halb Weib, halb Baum.

Die Tür zur Küche geht auf, die Töpferin bringt eine Kanne mit Tee und stellt sie auf den Fußboden. Der ist aus Holzbrettern.

Die Tassen behalten Sie am besten in der Hand, sagt sie und gibt uns welche aus dem Regal, kunstvolle, keine gleicht der anderen, und gießt Tee ein.

Auf dem Tisch kann ich leider nichts verrücken, es ist noch nicht gebrannt, sagt sie besorgt. Schon seit zwei Wochen arbeite ich daran. Ich will es meiner Freundin zur Geburt ihres Kindes schenken.

Auf einem winzigen Sofa liegt, abnehmbar, eine rundliche

Frau mit einem Dutt, aufgestützt auf einen Ellbogen. Die Frau kann an einem weißen Garnfaden die Wiege schaukeln, darin liegt ein Baby.

Das Kind habe ich noch nicht richtig fertig, es darf nur einen Zentimeter lang sein, und das Gesicht will man ja auch sehen.

Wir schweigen und sehen auf die graubraunen kleinen Figuren.

Wie geht es Ihnen, fragt unser Freund.

Ach, antwortet sie. Meine Tochter hat die Lehre abgeschlossen, aber sie ist jetzt zu Hause geblieben, malt ein bisschen und näht ab und zu eine Hose.

Samthosen, sagt die Tochter von der Nähmaschine aus.

Und mein Sohn hat die zehnte Klasse abgeschlossen und eine Lehre begonnen. Aber er hat alles gleich so gut begriffen, dass er es immer einfacher als der Meister machen wollte. Deshalb bekam er solchen Ärger, dass er aufgehört hat. Jetzt arbeitet er als Transportarbeiter auf einem Holzlagerplatz. Und wissen Sie, was er gestern erzählte? Wenn er ein Brett anhebt, auf das die Sonne schien, und auf die Schulter legt, um es wegzutragen, dann gehen oft große Spinnen auf dem Brett entlang. Nun hat ihn neulich eine Spinne angesehen und er die Spinne – wissen Sie, ich hab noch nie darüber nachgedacht, dass einen Spinnen ansehen –, und er hat gedacht, wenn du auf mich zukriechst, lasse ich das Brett fallen. Aber die Spinne blieb stehen. – Die Linolschnitte hinter Ihnen über dem Sofa sind von ihm.

Wovon leben Sie denn jetzt, fragt unser Freund.

Aufträge hätte ich schon, sagt sie, aber ich brauche immer so lange, da mache ich wenig. Übrigens habe ich einen Preis bekommen, davon leben wir jetzt. Sehen Sie nur den herrlichen

Puttenkopf. Den habe ich bei einem Spaziergang neben einer Mülltonne gefunden und mit zu mir genommen. Es ist eine sehr schöne Arbeit. Und dieses kleine Bild. Das hat mir mein Freund geschenkt, kurz bevor er geheiratet hat. Hier ist auch seine Hochzeitsanzeige.

Haben Sie etwas zu verkaufen, fragt unser Freund.

Nein, Sie wissen doch, dass ich nur auf Vorbestellung arbeite. Was hier steht, ist alles bestellt.

Du hast doch noch Grafik, sagt die Tochter.

Ich mache aber schon seit Jahren keine mehr. Wenn Sie solche alten Sachen sehen wollen? Ja? Dies geb ich nicht weg, das will ich zum Andenken behalten. Das habe ich meinem Freund geschenkt, damals waren wir noch zusammen, vor seiner Heirat. Dies hier können Sie haben, das habe ich doppelt, und es ist auch nicht schön. Ich würde ein Liebespaar nicht mehr so machen. Ja, was soll ich dafür nehmen. Gefällt es Ihnen denn? Würden Sie dreißig Mark zu viel finden?

Nimm fünfzig, sagt die Tochter.

Gut, dann nehmen wir das Geld für die nächste Miete, sagt sie erleichtert. Ich signiere es noch.

Wir stehen auf und gehen zu dem Regal mit den Porzellan-figuren. Am Regal hängt ein Zettel, darauf sind Zeichnungen für Bestellungen.

Können wir auch etwas vormerken lassen.

Was wollen Sie denn?

Diese, sage ich und meine die weiße Figur, teils Frau, teils Fisch, teils Baum, teils Pflanze, ihre Beine enden in zwei Schwänzen, die zu großen Blättern werden, einzeln so groß wie ihr Gesicht, die Arme sind Blätter und verschränken sich über dem Kopf. Die Adern der Blätter, die Haare, die Augen, der Mund, die Brustwarzen, der Bauchnabel, der Sockel sind blaugrau gemalt. Eine Fayence.

Ach, die Daphne, die Figur liebe ich auch sehr. Kennen Sie die Sage? Sie war eine Nymphe und wollte dem Liebeswerben des Apollo entgehen. Darum ließ sie sich in einen Lorbeerbaum verwandeln. Aber fertig verwandelt ist sie bei mir noch nicht. Man sieht doch noch sehr, dass sie eine Frau ist, nicht? Vielleicht wollte sie den Apollo auch ein bisschen. Sie kostet eigentlich dreihundert Mark. Ein Sammler hat sie bei mir bestellt. Aber ich kann sie ihm gar nicht geben, denn sie hat nicht mehr den gleichen Wert. Ich habe sie nämlich restauriert. Sie war mir so gut gelungen. Da stieß sie mir doch versehentlich einer vor dem Brennofen vom Sockel. Ihre Blätter lagen umher, sonst war sie heil geblieben. Da habe ich den Versuch gemacht, sie zu restaurieren. Hier hinter dem Hals sind die Blätter neu angesetzt. Man sieht, dass sie nicht von vornherein mitgebrannt sind.

Schade, sagt unser Freund, schade um Ihre Arbeit.

Mich hat die Daphne gefangen. Gerade, weil sie kaputt war, muss ich sie haben, denke ich.

Sie haben sie nicht aufgegeben, sage ich.

Die Töpferin lächelt mich an. Die kleinen Narben in ihrem Gesicht sind nicht mehr zu sehen, vor Freude ist sie rot geworden.

Ich gebe sie Ihnen, sagt sie zu mir, und zwar für den vollen Preis. Sie bezahlen damit Ihre Hoffnung.

Wir stellen die leeren Tassen auf die Schreibplatte, verabschieden uns von Mutter und Tochter, gehen an der bemalten Häuserwand vorbei, zurück auf die Straße.

Die Daphne hat sie mir in Zeitungspapier eingewickelt.

Abgesang auf einen großen Maler

In seinem siebzigsten Jahr war der Maler sehr berühmt. Man redete ihn mit Professor an, und er bekam eine Ehrenpension.

Morgens wachte er um halb 10 Uhr auf, ging im Schlafanzug ins Bad, sang dabei, zog den Schlafanzug aus, duschte sich kalt. Schlimmeres konnte ihm nun am Tag nicht mehr passieren. Er nahm keine Seife, darum war auch das große weiße Handtuch immer schmutzig. Das Handtuch ließ er irgendwo liegen, meistens auf einem Tisch. Singend ging er in sein Zimmer zurück und zog sich an, zuerst die Unterhosen und dann, was gerade dalag.

Jetzt ging er in die Küche zum Teekochen. Das konnte kein anderer. Die Kanne musste warm gestellt, mit kochendem Wasser gefüllt und, wenn das Wasser auf dem Herd wieder kochte, vom Wasser geleert werden. Dann kamen zwei Löffel Tee pro Tasse hinein, und die Kanne wurde wieder mit kochendem Wasser gefüllt. Diesen Tee trug er in das Wohnzimmer. Dort hatte die Haushälterin einen kleinen Teller mit Frühstückshappen hingestellt, eine Viertel Brotscheibe mit Pflaumenmus, eine mit Erdbeer-, eine mit Aprikosenkonfitüre und eine nur mit Butter. Er drehte sich eine Zigarette und breitete die große Tageszeitung vor sich aus. Lachte auf jeder Seite, entweder über einen Mann, der sehr oft fotografiert wurde, oder über ein Ereignis.

Dann faltete er die Zeitung zusammen, ließ sie fallen, stand auf und ging in den Garten. Dort goss er die Blumen mit dem restlichen Tee und den Teeblättern, damit sie gut wachsen. War er damit fertig, setzte er sich auf einen Stuhl und guckte, manchmal eine Stunde. Er dachte viel nach.

Manchmal guckte er auch nur nach innen. Alles, was man hat, sagte er, hat man doch nur im Kopf, und das andere ist geliehen.

Wenn er mit dem Nachdenken fertig war, stand er auf und ging zu seinem Bild. Das sah er sich genau an und veränderte einige Stellen.

Um 13 Uhr rief die Haushälterin zum Mittag. Es gab immer das, was er sich wünschte, oft Paprikaklößchen mit Reis oder Kartoffeln und die Soße von vorgestern sowie ein Gläschen Reiterlikör, den die Haushälterin aus dem kleinen Konsum von nebenan holte.

Im Urlaub sagte die Haushälterin immer: Sie können uns alten Leutchen, dem Professor und mir, ruhig ein Zimmer zusammen geben. Und den Tee muss er sich allein kochen können.

Nach dem Essen schlief er in seinem Zimmer von 13:30 Uhr bis 15:00 Uhr. Pünktlich um diese Zeit wachte er auf, stand auf und kochte sich wieder einen Tee, trank ihn, und dann kam es auf das Wetter an.

Wenn Pilzwetter war, ging er in den Wald, stets zu der gleichen Stelle, denn dort gab es bei Pilzwetter auch immer Pilze. An anderen Pilzstellen gab es nicht immer Pilze, und darum ging er an keine anderen Stellen.

War kein Pilzwetter, blieb er zu Hause, bei seinem Bild. An

ihm malte er von 15:30 Uhr bis 18:00 Uhr, aber nur bei Tageslicht.

Um 18:00 Uhr begann er zu lesen, am liebsten was Historisches. Zum Beispiel Napoleon.

Zum Abendbrot aß er fast nichts, kostete nur ein bisschen, falls ein Leckerbissen da war, und trank Tee.

Dann setzte er sich vor den Fernsehapparat, aber nicht vor 20:00 Uhr, und sah alles bis zum Schluss. Danach schlief er ein. Aber vorher machte er sich noch einen Tee, damit er auch etwas zu trinken hat, falls er aufwacht.

Vor seinem Tod wollte er noch die Chronik der Morde in seinem Dorf schreiben. Aber er hatte keine Kraft mehr und eine zu leise Stimme, um alles auf das Tonband zu diktieren. Nun wissen wir nichts von den Morden.

Als er tot war, wurde seine Totenmaske abgenommen. Und als sie fertig war, erschraken alle sehr, denn das eine Auge war nicht zu, als ob der Maler immer noch sehen konnte und gar nicht gestorben war.

Er war sehr berühmt, und in der Zeitung haben sie eine große Todesanzeige gebracht. Viele nahmen am Trauerzug teil, und ein Verkehrspolizist musste sogar für die Trauergäste den Verkehr regeln. Neben dem Sarg lag eine samtüberzogene Tafel mit den Orden, die der Maler sonst über den Fettflecken an seinem Festtagsanzug trug.

Jedes Bild des Malers soll jetzt schon ungefähr 7000 Mark wert sein. Der die Doktorarbeit über ihn schreibt, ist darum traurig, dass der Maler seine Bilder an Leute verschenkt hat. Einfach deshalb, weil sie ihnen gefielen.

Kleine Bilder

Ach, er hat Angst vor seiner Frau. Große Angst. Sie nimmt ihm das Geld weg und die Bilder, für die sie viel Geld kriegt. Und dann lässt sie ihn nicht trinken. Auch er würde viel Geld für seine Bilder bekommen. Aber sie erlaubt ihm kein heimliches Malen. Weil er sich von dem Bildergeld Schnaps kauft. Doch er ist sehr krank und darf nichts mehr trinken. Und sie hat Angst um ihn.

Manchmal malt er doch heimlich ein Bild. Und nimmt sich vor, es nicht zu verraten. Doch wenn sie so mit ihm schimpft, zeigt er das Bild zur Versöhnung, damit sie still ist. Dann ist sie still, wartet, bis es fertig ist, und verkauft es an einen Anwärter aus der Bestellliste. Aber gern trennt sie sich von keinem Bild. Sie hängt an jedem und besucht sie jeden Tag im Atelier.

Die Frau kann nicht alle Aufträge annehmen. Sie muss die Preise hochtreiben. Manchmal muss sie lügen, dass ein anderer Käufer schon das Dreifache geboten hat und dass sie es auch dafür nicht hergeben würde.

Manchmal verreist sie und schließt die Bilder ein. Ihm lässt sie ein bisschen Geld da. Das reicht fürs Essen, aber nicht für Schnaps. Dann hungert er lieber und trinkt was. Einmal legte er sich auf dem Rückweg von der Kneipe betrunken in den Schnee. Aber ein Autofahrer sah ihn und fuhr ihn nach Hause.

Lange spürt er seinen Hunger nicht. Aber er bemerkt den

Hunger der Katze. Wie sie ihn ansieht. Da nimmt er sich eine Radierung aus seinem Schrank, packt sie ein und geht zu dem Kunstsammler. Er sagt zu dem Pförtner, dass er zu dem Kunstsammler will. Der wird angerufen, steht schnell vom Schreibtisch auf und kommt zum Betriebseingang. Seine Geldbörse hat er eingesteckt und gibt wie immer einhundertachtzig Mark für die Radierung. Erst im Büro sieht er sie an. Wenn er sie nicht gekauft hätte, würde der Maler nie wieder kommen und auch kein einziges Mal mehr versuchen, heimlich ein Bild für ihn zu malen.

Mit den einhundertachtzig Mark geht der Maler zum Fleischer, kauft ein halbes Pfund Schabefleisch. Zu Hause teilt er die Hälfte ab und stellt sie der Katze hin. Die andere Hälfte hebe ich für heute Abend auf, damit du dir jetzt nicht den Magen verdirbst, sagt er zu der Katze.

Mit dem übrigen Geld geht er in die Gaststätte. Die Kellnerin weiß schon, was er gern trinkt, und stellt ihm ein Glas hin. Sie setzt sich zu ihm und nennt ihn freundlich beim Vornamen. Hier fühlt er sich wohl.

Einmal malte er eine nackte Frau aus dem Gedächtnis. Das ist schwer für ihn. Denn er hat es nicht gelernt. Als er nach einem Monat fertig war, bekam er eine Tube Karminrot von besonders guter Qualität geschenkt. Er drückte ein wenig davon auf die Palette und fand das Rot sehr schön. Da überstrich er das ganze Bild mit diesem Rot und fing noch mal von vorne an. Jetzt ist es ein Bild, vor dem man beten möchte. Sagt der Kunstsammler.

Ein Wissenschaftler hat ein Buch über ihn geschrieben. Der Maler freut sich, dass man so viel Gelehrtes über ihn schreiben kann. Dabei hat er doch alles allein ausprobiert. Als Rentner erst kaufte er sich ein Buch, in dem die Maltechnik etwas erklärt wird. So, dass auch er es verstand.

Wenn er Schnaps getrunken hat, traut er sich, sein Zimmer von innen abzuschließen. Da kann seine Frau draußen klopfen, so viel sie will. Bloß, er muss den Schnaps in seinem Zimmer versteckt haben. Oder schon heimlich betrunken nach Hause gekommen sein.

Wenn er dann ungestört auf seinem Sofa sitzt, sieht er sich seine unfertigen Bilder an. Bald dreißig können an einer Wand hängen, weil sie so klein sind. Sein liebstes Bild nimmt er herunter und legt es vor sich auf den Tisch. Er erinnert sich an die freundliche Kellnerin und gibt einer kleinen Figur ihr Gesicht. Und dann allen anderen Figuren auch.

Der Schimmel

Wen suchen Sie? Mich können Sie fragen. Ich kenne hier alle in der Straße. Wie kommen Sie denn mitten im Winter an die Ostsee? Sie sind doch nicht von hier.

Ich mach mein Schloss ganz am Hoftor. Und da sehe ich Sie schon eine Weile. Wie Sie langsam die Straße langgehn und überall klingeln. Jetzt ist niemand zu Hause. Alle sind zur Arbeit.

Sie wollen wohl zu gar niemand Bestimmtem? Ach so, ein Quartier für den Sommer. Wenn Sie da man noch Glück haben. Die meisten haben ihre Gäste, die jedes Jahr kommen.

Hier nehmen ja viele Sommergäste. Aber da muss ich erst mal überlegen, wer.

Ich wollte gerade meinen Nachmittagskaffee trinken. Sie können sich zu mir setzen. Ich wohne hier über den Hof. Vor mir brauchen Sie keine Angst haben. Ich könnte ja Ihr Großvater sein.

Über Ihre Jacke möchte man direkt mal rüberstreichen. Sie haben sich schön warm angezogen. Wir sind an die Kälte gewöhnt. Ich hab mir bloß meine Strickjacke übergezogen. Da sieht man meinen Buckel nicht so.

So, ich schließe Ihnen auf. Gehen Sie hinein und setzen Sie sich auf den Stuhl. Ich werde mich auf das Sofa setzen. Nebenan ist noch ein Zimmer. Mit zwei Feldbetten. Auf dem einen liegen meine Sachen, Mantel, Anzughose und Weste. Ich muss mich langsam dran gewöhnen, dass ich alles allein sauber halte. Meine Frau ist nämlich gestorben. An einer Lebersache. Da hängt ihr Foto.

Eine schöne Frau war sie, aber eifersüchtig.

Ouh, da hätte ich Sie nicht mitbringen dürfen. Als ich siebenundvierzig aus der Kriegsgefangenschaft kam, hab ich bei einer Bauersfrau übernachtet. Sie wollte so gern meine Adresse, da hab ich sie ihr gegeben. Und dann schrieb sie mir einen Brief mit Nochanmichdenken und Ichsollschreiben. Den Brief hab ich nie gelesen. Den hat meine Frau gleich zerrissen. Aber sie hielt ihn mir so oft vor, nun hab ich die Frau erst recht nicht vergessen. Schreiben konnte ich ja nicht. Auf den Namen und den Ort hab ich damals gar nicht achtgegeben. Ausgehungert, wie ich war.

Das Ölbild da hat meine Frau noch Weihnachten vor ihrem Tod in Auftrag gegeben. Bei einer echten Malerin, zweiundachtzig Jahre war die alt. Und sie wollte nur fünfzig Mark, weil sie nur eine Woche daran gemalt hat. Nicht mal eine Speckseite, wir hätten sie ihr ohne Weiteres geben können.

Auf dem Bild ist unser Schimmel gemalt. Meine Frau wollte so gern ein Andenken an ihn haben, er war damals schon sehr alt. Genau so wie auf dem Bild sah er aus, weiß und am Hals und auf dem Hintern ein paar graue Flecke. Die Kinder, die ihm zu fressen geben, sind jetzt groß. Den weißen Spitz, unten im Bild, hatten wir damals noch.

Die Malerin ist nun auch schon tot. Da hängen noch zwei Bilder von mir. Ich finde sie schön. Weil man darauf alles ganz genau erkennen kann.

Als meine Frau starb, hat der Schimmel auch nicht mehr lange gemacht.

Ich hab mein Leben lang geschlachtet. Ich bin Schlächter. Nun kriegen Sie doch keinen Schreck, das sind ganz gutmütige Menschen. Wenn man beim Schlachten genau weiß, wie ein Tier gleich bewusstlos wird, tut ihm überhaupt nichts weh. Ich war bei einem guten Meister in der Lehre, und da habe ich das gelernt. Manche hauen dem Tier immer wieder mit dem Beil vor den Schädel, und es wird und wird nicht bewusstlos. Die gehören nicht in den Beruf. Aber heutzutage werden ja die meisten Tiere maschinell getötet.

Hier auf dem Foto sehen Sie mich und daneben meine Frau und vor uns quer ein Mastkalb. Ein schönes Stück, nicht? Vor dem Kalb, das sind unsere beiden Kinder. Meine Tochter ist inzwischen hier im Ort auf dem Wohnungsamt, und sie ist geschieden.

Ich hab immer gesagt, lass dich nicht scheiden, mach es ihm nicht so leicht. Aber sie hat nicht auf mich gehört. Er ist nicht gut zu mir, hat sie gesagt, und die Kinder bring ich alleine durch. Nun muss sie das auch machen.

Mein Sohn vermietet im Sommer. Sie können da oben auf dem Berg das Haus sehen, in dem er wohnt. Seine Frau ist sehr sauber.

Meine Tochter hat, als ich mal verreist war – meine Rentnerreise in den Westen –, die Stube tapeziert. Nun kann ich hier in Ruhe neunzig werden. Ja, ja, ich bin schon zweiundachtzig.

Ich könnte so vielen Ratschläge geben. Aber keiner will sie hören. Alle wollen die gleichen Fehler wieder machen.

Manchmal kommt eine Krankenschwester nach mir gucken.

Mädchen, sag ich zu ihr – das ist vielleicht ein halbes Jahr her –, wo hast du denn deinen Ehering. Ach, sagt sie nur. Da wusst ich schon.

In dem Alter liegt das immer im Sexualen. Ich bin auch darauf zu sprechen gekommen.

Und sie sagt, sie will abends nicht. Da sag ich, Meechen, arbeitest du immer noch auf der Männerstation? Ja, sagt sie. Da sag ich, das ist es. Dir fehlt für deinen Mann einfach die Hitze. Du musst auf einer Frauenstation arbeiten, dich versetzen lassen.

Das kann man sich doch vorstellen, den ganzen Tag lang alte Männer auf den Topf setzen, da vergeht das einer Frau. Einfach keine Hitze, das ist ganz natürlich. Was soll ich Ihnen sagen, sie kam neulich wieder vorbei zu einem Kaffee. Jetzt arbeitet sie nicht mehr auf der Männerstation, und sie lebt wieder mit ihrem Mann zusammen. Geschieden sind sie zwar noch, mit dem Heiraten wollen sie sich Zeit lassen.

Meistens ist immer alles ganz einfach. Und die Menschen machen es sich schwer.

Wollen Sie einen Kaffee? Nein? Dann mache ich mir auch keinen, wenn Sie ihn nicht vertragen. Das ist ja wie Tierquälerei, wenn der so gut riecht.

Für wen wollen Sie denn das Zimmer? Schreiben Sie sich mal die Adresse auf, die ich Ihnen jetzt sage. Gehen Sie hin und bestellen Sie einen schönen Gruß von mir. Vielleicht haben Sie Glück.

Die Mutter von der Zimmervermieterin hat Gedichte gemacht, richtig schöne Gedichte. Aber sie ist auch schon tot. Könnten Sie mir nicht ein Gedicht machen, zur Silberhochzeit von meinem Sohn? Ich könnte Ihnen Einzelheiten sagen. Und Sie sollen auch keine Unkosten haben. Ich gebe Ihnen zwanzig Pfennig Porto, damit Sie mir das Gedicht im Brief schicken können.

Sind Sie mit dem Auto da? Nein? Ein Glück. Zwei, die mich besuchen wollten, haben sich nämlich totgefahren. Erst meine Nichte, sie wollte sich meinen Hund angucken, ob er in einem Film mitspielen kann. Sie ist zu schnell gefahren. Später noch einer vom Antiquariat. Der war schon mal mit einem anderen Mann da, der kam auf meine Annonce. Das eine Bild wollte er gerne für sich selber haben. Das hat er mir beim Rausgehen zugeflüstert, damit es der andere nicht hört. Und als er dann allein herfuhr, um das Bild zu holen – ich hätte es ihm verkauft –, ist er mit dem Auto an den Baum gefahren. Nun hängt das Bild immer noch da. Es ist ein Stillleben, von einem Niederländer, hat er gesagt. Nun sind beide tot, bloß weil sie keine Zeit hatten.

Raten Sie mal, was da hinter Ihnen hängt, auf dem Holzbrett. Das ist ein Jagdstillleben. Das will mir eine HO-Gaststätte abkaufen. Was würden Sie dafür nehmen? So viel? Das traue ich mich nicht. An sich bin ich darauf nicht angewiesen. Ich komme mit meiner Rente aus. Viel ist es ja nicht. Aber ich zahle nur fünfzehn Mark Miete. Und für meinen Hund reicht es auch.

Bis vor einem Jahr hab ich noch dazuverdient. Als Nachtwächter auf dem Parkplatz beim Hotel. Aber da hat man auch Unkosten. Die Schuhsohlen und die Stullen. Und ich sage immer, über den Nachtschlaf geht nichts.

Bleiben Sie doch noch. Schreiben Sie sich meine Adresse auf, damit Sie mir einen Brief schicken können.

Und besuchen Sie mich im Sommer.

Ein Stück komme ich mit. Ich wollte jetzt sowieso mit meinem Hund spazieren gehen. Den hab ich auf dem Hof in einer Kiste eingeschlossen. Damit ihn die Kinder nicht ärgern und er mir nicht unters Auto kommt.

Ja, der ist auch weiß.

Er hat nicht zu wenig Auslauf, ich gehe ja jeden Tag mit ihm spazieren, zwei Stunden durch den Wald.

Er ist der Nachfolger von dem Spitz, der auf dem Bild mit dem Schimmel gemalt ist.

Ich habe Ihnen vorhin gar nicht die Geschichte von meinem Schimmel zu Ende erzählt. Als er schon ganz lahm war, hab ich zu meinem Freund gesagt, schlachte du ihn. Aber zum Beweis, dass er tot ist, musst du mir was von ihm bringen.

Da ist er mit dem Schimmel losgezogen. Und der ist ganz nichts ahnend mitgegangen und hat sich überhaupt nicht umgesehen. Mir sind solche Tränen, wie Enteneier, aus den Augen gelaufen und auf die Jacke getropft. Mein Freund kam dann nachmittags und brachte einen Fuß mit einem Huf. Da wusste ich, dass mein Schimmel tot ist.

Sie müssen jetzt links langgehen. Und vergessen Sie mich nicht.

Braune Augen

Immer hoffte ich auf einen Mann mit braunen Augen. Das mit den Augen ist eine fixe Idee. Zugegeben.

Ich habe doch als Kind niemand geliebt, der braune Augen hatte. Alle waren blauäugig. Sogar meine schöne Oma aus Rappolsweiler mit ihren schwarzen Haaren, auch sie hatte blaue Augen. Bei niemandem von uns hat es gereicht zum Braun, auch nicht bei mir. Zu diesem warmen Braun, das ganz schwarz wird, das tief bleibt, auch in der Nähe.

Diese Gaukelei bewirkt das Blau nicht, es wird eher weiß, erstarrt zu Eis auf meiner Haut. Zu den blauen Augen komme ich ungebeten. Oder sie kommen ungebeten.

Zum Beispiel dieser hier auf dem Foto. Warum habe ich den nicht geliebt? Er hat mir doch zur Weihnachtsfeier, als ich sechzehn wurde, sein mattiertes Foto geschenkt. Auf einer Postkarte. Die blauen Augen mit ordentlichen Wimpern, Strich für Strich retuschiert, die Eichenblätter der Jägerjacke schön deutlich nachgezeichnet. Das Foto war in einem Päckchen, ordentlich eingewickelt, bestimmt von seiner Mutter, und der Weihnachtsmann rief mich auf.

Mein Entsetzen über den Tagesablauf seines Vaters teilte und verstand er nicht. Schlächter ist doch ein ganz normaler Beruf, sagte er, und er half dem Vater in den Ferien. Nur wenn er vom Fleisch sprach, bekamen seine matten Augen einen Schimmer.

Oder diesen, warum habe ich ihn nicht geliebt? Er schickte nach dem Ostseeurlaub Fotos von mir, aus der Nachbarburg geknipst, und zwei von sich. Auf der Rückseite steht seine Personalausweisnummer und: In Liebe Dein. Das eine Bild war mit dem Selbstauslöser aufgenommen. Oder wer hätte ihn sonst so fotografiert, mit zackigen Bergen im Hintergrund und direkt am Abhang, die Fototasche umgehängt. Das andere Bild zeigt ihn verwackelt beim Kirschenessen.

Bei seinen Besuchen hörte ich der Schilderung seiner bisherigen Enttäuschungen geduldig zu. Diese Hypothek an schlechten Erfahrungen und Vorurteilen hätte ich mein Lebtag nicht abgetragen.

Er war so ohne Hoffnung, ich hätte ihm keine machen dürfen. Und er war der einzige Mann, der mir zum Schluss sagte, ich hätte mich nicht von ihm küssen lassen dürfen, wenn es von mir nicht auch für das Leben geplant war.

Hatte er wirklich so blonde Haare zu den blassen Augen?

Den hier habe ich geliebt. Dies Foto habe ich geknipst. Und er blinzelt darauf in der Sonne. Weil ich damals noch nicht wusste, mit siebzehn, dass man mit der Sonne im Rücken nicht fotografieren darf. Wegen der Plastizität. Damals, mit siebzehn, als ich sein Foto oft betrachtete, fragte ich mich, in welchen Abständen fährt die S-Bahn, vielleicht kommt er doch noch, vielleicht mit der nächsten.

Ich habe die folgenden sechs Jahre kein Foto mehr von ihm gemacht, weil er der Meinung war, ich könne das nicht gut genug und das Fotopapier sei zu teuer. Das Leben mit ihm, der Abstand und die Belichtung und der Ausschnitt und die Entwicklungszeit und das Fixierbad und das Trocknen – das alles war nämlich nicht zum Lachen. Da halfen schließlich auch seine Augen nicht mehr, graue, traurige, genau betrachtende, verschieden große. Da war es vorbei.

Auch unter den braunen Augen gibt es welche, die ich nicht meine. Zum Beispiel die hier, von diesem Jungen.

Als er elf Jahre alt war und ich neun, ein Abstand, wie er sich gehört zwischen Mann und Frau, hat er mir ein Eis spendiert für fünfzehn Pfennig und sich mit mir fotografieren lassen von seinem Freund, den er dafür auch mit einer fotografiert hat mit einem Eis von dem für fünfzehn Pfennig. Himbeereis in einer Waffeltüte. Er ging dann bald mit einer anderen baden und traute sich nicht, mir das zu sagen.

Seine Augen sind tieräugig, auf den ersten Blick zu erkennen, einfältig und rund und gewölbt. Die meine ich nicht.

Die braunen Augen, die ich meine, sind jeden Tag anders, etwas gelb oder grün, geschlitzt, manchmal böse, aber nicht kalt. Aufgeregt verwirrt, schweigend, aber nicht kalt. Bei den durchsichtigen blauen kann ich nichts hinzufügen, sie sind mir bekannt. Aber bei diesen braunen kann ich auf das hoffen, was ich selbst nicht hab oder nicht kann.

Dieser hier hat solche Augen.

Nach denen ich immer suchte.

Ich habe sie geprüft, Jahr um Jahr.

Und nun weiß ich, sie konnten sogar blau sein.

Langsam lesen

Die Sprechstundenhilfe geht morgens um acht Uhr ins Warte-zimmer und teilt die Patienten ein. Alle mit Husten kommen zu Doktor Alfried, alle mit Schnupfen zu Doktor Belfried, alle mit Magenschmerzen zu Doktor Celfried, alle mit Kopfschmerzen zu Doktor Delfried, alle mit Rentenwünschen zu Professor Elfried und alle mit Liebeskummer zu Doktor Xfried. Jeder Doktor hat in seinem Zimmer mehrere dunkelgrüne, bequeme Klubsessel, und er bittet seine Patienten, darin Platz zu nehmen. Dann darf jeder von seiner Krankheit erzählen. Inzwischen schließt der Doktor seine Schreibtischschublade auf und ver-schreibt ein Medikament, das eigens für diese Krankheit ge-schaffen wurde. Er tut dies auf Durchschreibblocks. Dazu wird Tee und Gebäck gereicht. Die Magenkranken allerdings gehen, bevor sie sich hinsetzen, an einem Röntgenschirm vorbei, auf dem der Doktor den Magen sehen kann. Um neun Uhr kom-men die nächsten Patienten, zu geraden Stunden die Frauen und zu ungeraden die Männer.

Bei Doktor Xfried ist die Tageseinteilung etwas anders, denn um acht Uhr kommen alle Freundinnen von verheirateten Männern, um neun Uhr kommen alle Frauen von verheirateten Männern, die eine Freundin haben, um zehn Uhr kommen alle Frauen, die keinen Mann haben, und um elf Uhr alle Frauen, die keinen Mann haben wollen, dann hat Doktor Xfried Mittagspause. Um ein Uhr kommen alle Männer, die eine verheiratete Freundin haben (das sind sehr wenige, da kann er sich ausruhen), um zwei Uhr kommen alle Männer von verheirateten Frauen, die einen Freund haben (sind auch sehr wenige), um drei Uhr kommen alle Männer, die keine Frau haben (da wird er noch einige Stühle reinstellen müssen), und um vier Uhr kommen alle Männer, die keine Frau haben wollen (da kann er wahrscheinlich früher gehen). Oder er lässt sie alle zusammen kommen, zur gleichen Stunde zwei Frauen von verheirateten Männern mit Freundinnen, zwei Freundinnen von verheirateten Männern, zwei verheiratete Männer mit Frau und Freundin (die vorhin ganz unter den Tisch fielen) sowie zwei Frauen, die einen Mann wollen.

Das will er als Patent anmelden.

Redensarten

Eine Geschichte zum Kotzen. Eine verfahrene Kiste. So alltäglich, dass man gar nicht darüber sprechen kann. Es gibt wirklich Wichtigeres. Es lenkt einen nur von der Arbeit ab. Man kann so nicht weiterleben. Man muss da raus.

Anders könnte man aber auch wieder nicht leben. Es hat auch seine guten Seiten. Man kann seine Zeit einteilen. Man ist keine Spießerin. Man ist emanzipiert. Man geht zur Tagesordnung über. Man könnte ja, wenn man wollte, auch ganz anders leben.

Im Fernsehen wird es so und so betrachtet. Man kann es aber auch von der heiteren Seite aus sehen.

Ich möchte nicht in deiner Haut stecken. Du hast ja vielleicht was am Hals. Da kommst du ja gar nicht zur Ruhe. Du machst es dir nicht einfach. Hut ab. Da musst du ja alles mit dir alleine abmachen. Ich wüsste nicht, was ich an deiner Stelle machen sollte. Da gibt es keine Patentlösung. Da musst du genau abwägen. Da musst du mal sehen.

Da musst du dich aber schnell entscheiden. Du gehst ja vor die Hunde. Aus so was muss man doch ganz schnell raus. Das hast du doch gar nicht nötig. Denk doch mal an deine Gesundheit. Denk auch mal an die anderen. Versetz dich mal in deren Lage. Du hast da auch dran Schuld. So was kann nur dir passieren.

Die wollte sich wegen so was umbringen. Na ja, ob das ernst gemeint war. Hat sie doch so eingerichtet, dass sie noch rechtzeitig gefunden wird. Typisch Frau. Mit Tabletten, dass sie auch ja bis zum Schluss schön aussieht. Soll sie doch das nächste Mal einen Strick nehmen. Der ist sicherer.

Die hat es eben nicht mehr ausgehalten. Die wollte zeigen, dass sie es nicht aushält. Die wollte zeigen, dass man so was einfach nicht aushalten kann. Die hat auch nicht mehr aus noch ein gewusst. Wenn sie sich da von Anfang an rausgehalten hätte, wäre das nicht passiert. So was muss man sich eben vorher überlegen. – Deren Sache. Kann man sich eigentlich kein Urteil darüber erlauben. Man muss die Suppe auslöffeln, die man sich eingebrockt hat. Alles bloß Mache.

So was muss man einfach mal selbst miterlebt haben. Die anderen haben da gut reden. Ich hab früher auch ganz anders darüber gedacht. Da kann man ganz schnell reinrutschen. Und plötzlich ist es ernst. Man hört nicht auf gute Ratschläge.

Es kann doch bei jedem ganz anders ausgehen. Das geht doch ganz verschieden aus. Sieht man ja täglich, dass jeder Mensch anders ist.

Man ist schließlich nur einmal auf der Welt. Man muss das Leben nehmen, wie es ist. Warum sich graue Haare wachsen lassen. Das Leben ist eben schwierig, man hat da seine Aufgaben und seine Verpflichtungen. Man kann sein bisheriges Leben nicht ungeschehen machen. Man muss einfach das Beste aus seinem Leben machen.

Andere denken doch genauso. Andere denken da viel sturer, und wie leben die. Haben nichts von ihrem Leben. Leben so vor sich hin. Haben gar nichts, worauf sie sich freuen können. Sind bloß neidisch und zerreißen sich ihr Maul über andere.

Jeder sieht zu, wo er bleibt. Wo er am besten abschneidet. Wo er einen Vorteil davon hat. Der sieht zu, wie lange die das mitmachen. Und dann sieht er sich nach was anderm um. Gibt doch genug Dumme.

Die weiß, dass sie einen nicht anbinden kann. Bei der hat man wenigstens mal seine Ruhe. Die braucht einen. Die kommt alleine nicht zurecht. Man muss das auch mal vom Menschlichen sehen. Die würde so was nicht machen.

Die hat was mit dem. Er hat da noch eine. Er soll da noch ein Verhältnis haben.

Geht uns nichts an. Muss jeder selber sehen. Man soll sich da nicht einmischen.

Aber so was ist schließlich keine Privatsache. Wenn das alle so machen würden. Die sollen mal klare Verhältnisse schaffen und reinen Tisch machen. So geht's doch einfach nicht. Wir müssen uns da einschalten. Am Ende schieben sie uns noch den Schwarzen Peter zu.

Denen wird ja heutzutage alles zu leicht gemacht.

Wir sind früher schon aus solchen Gründen vor so was zurückgeschreckt.

Die Vorhangordnung

Die Vorhangordnung ist so wichtig wie das ganze Theaterstück vorher. Für die Betroffenen. Die Ausnahmen in der Vorhangordnung bestimmt der Abendspielleiter. Denn es gibt auch Ausnahmen in der eingeübten Reihenfolge der Verbeugungen.

Auf Gastspielen des Theaters kann es vorkommen, dass das Publikum den fünften in der Reihe mehr beklatscht als den dritten. Dann entscheidet der Abendspielleiter, ob der fünfte mit dem dritten in der Reihenfolge der Verbeugungen tauscht oder nicht. Wenn das Publikum weniger zu klatschen beginnt, schickt der Abendspielleiter den Hauptdarsteller noch mal hinaus, damit das Publikum wieder munter wird. Dadurch kann er noch ein paar Vorhänge rauswirtschaften. Neulich hatten sie siebenunddreißig Vorhänge.

Es gibt auch einen Gesamtvorhang, da verbeugen sich alle.

Ein Schauspieler verbeugt sich nie zusammen mit Schauspielschülern, es sei denn, er hätte eine längere Szene mit ihnen zusammen gehabt. Dann verbeugt er sich auf väterliche Weise, neigt den Kopf nur wenig, während sich die Schauspielschüler tief verneigen und auf ihn weisen.

Wenn eine kleine, aber wichtige Rolle von einem bekannten Schauspieler gespielt wird, verbeugt sich der vor den unbekannten Schauspielern, auch wenn sie größere Rollen haben.

Spielt ein Gast in der Vorstellung, so gibt der Abendspielleiter ihm aus Höflichkeit ein paar Vorhänge allein.

Wenn sich alle Schauspieler nacheinander einzeln in einem Spalt des Vorhanges verbeugen, darf nicht einer eine Stufe von der Bühne hinabsteigen, um sich erst dort zu verbeugen. Denn das wirkt auf das Publikum zu selbstbewusst.

Wenn sich zwei verbeugen, von der Direktion aber nur ein Blumenkübel überreicht wird, darf ihn der eine zwar entgegennehmen, muss ihn aber dann dem anderen geben und nicht etwa mit den Blumen abgehen.

Beim Verbeugen sollten die Schauspieler auch zu den Rängen hinaufsehen.

Das alles wird geübt.

Ohne Publikum.

Ich weiß es noch nicht lange, und seitdem beunruhigt es mich. Dass ich hereinfiel auf die vermeintliche Echtheit.

Die Tagung

Eine Tagung besteht aus dem Tagungsort, der Einladung, dem Thema, dem letzten Tag der Anmeldung, dem Tagungsleiter und seinem Mitarbeiter, der die Anmeldungen entgegennimmt und die Verantwortung für die Organisation hat, dem Präsidium, der Dame am Dia-Werfer, den Dolmetschern, dem Einlassdienst, bestehend aus Studenten der nächstgelegenen Universität, dem Tagungsbüro und den Teilnehmern. Die Teilnehmer unterteilt man in Referenten, Diskussionsredner und Zuhörer. Die Diskussionsredner teilt man wiederum in angemeldete und unangemeldete.

Eine Tagung dauert meistens drei Tage, von Mittwoch bis Freitag. Anreisetag ist Dienstag, Abreisetag Sonnabend, da bleibt man gern noch bis Sonntag. Am Dienstag reist man schon früh an, wegen der schlechten Zugverbindungen. Wer mit dem Auto kommt, geht Dienstag auch nicht mehr in den Dienst, sondern fährt vormittags, um trotz einer eventuellen Panne pünktlich anzukommen. Am Nachmittag, vor Tagungsbeginn, findet *die Sitzung des Vorstandes der wissenschaftlichen Gesellschaft* statt, die die Tagung *trägt*.

Manche Tagung wird auch von zwei oder drei wissenschaftlichen Gesellschaften getragen. Unter Tragen ist zu verstehen, dass an jedem Tag ein anderer Wissenschaftler den Vorsitz hat und die Referenten möglichst gleich verteilt die verschiedenen

Gesellschaften vertreten. Außerdem lassen die Gesellschaften die Programme drucken und nehmen die Teilnahmegebühren ein. So tragen sie die Tagung.

Eine Tagung findet immer in einer landschaftlich reizvollen Gegend statt, im Winter an der Ostsee, im Frühjahr im Gebirge, im Sommer an einem mecklenburgischen See, im Herbst in einer Großstadt mit Nachtleben. Die Umgebung ist wichtig, weil die Teilnehmer das übrige Jahr nie rauskommen, sich nicht für alle Vorträge interessieren und auch Damen mitbringen, die dem Fachjargon fremd, ihren Männern aber nah bleiben wollen.

Die Tagungsteilnehmer wohnen in Hotels, möglichst in der Nähe des Tagungsraums, die am höchsten Gestellten sogar im gleichen Haus. Diejenigen, bei denen es nicht so wichtig ist, ob sie das nächste Mal wiederkommen, werden weiter weg einquartiert. Wenn sie auch protestieren und morgens eine Viertelstunde eher aufstehen müssen.

Ein Problem ist die Zimmerbelegung. Einzelzimmer sind nur in begrenztem Maß verfügbar, also Zweibettzimmer und so weiter. Auf den vorgedruckten Anmeldeformularen kann angekreuzt werden, was für ein Zimmer man haben möchte, und es ist Platz für Vermerke, mit wem man das Zimmer teilen will. Bei gleichem Geschlecht oder Ehepaaren ist das einfach. Erfahrene Tagungsteilnehmer bestellen darum Zweibettzimmer und melden den Ehegatten mit an, der dann leider verhindert ist, vielleicht aber nachkommt. Darum kann das Zimmer auch nicht anderweitig belegt werden.

In Einzelfällen bestellen zwei Damen und zwei Herren je ein Zweibettzimmer und benutzen die Betten nach ihren Wünschen. Das bedarf taktvoller Vorabsprachen. Außerdem müssen beide Zimmer im gleichen Hotel gelegen sein, es fällt sonst zu sehr auf.

Ein weiteres Problem besteht in der Abwesenheit eines Zimmergenossen trotz Nachthemd unter dem Deckbett und vorhandener Zahnbürste. Hier muss mit nächtlichem Aufflammen des Kronleuchters oder morgendlichem Hereinschleichen gerechnet werden. Es ist auch möglich, dass nachmittags einer der beiden Zimmerbewohner vor verschlossener Hotelzimmertür steht.

Die Einladung zur Tagung erfolgt ein Vierteljahr vorher. Sie verspricht ein interessantes Programm mit internationaler Beteiligung, und die Thematik soll nicht nur neueste theoretische Überlegungen, neueste Forschungsergebnisse, sondern auch neueste Ergebnisse aus der Praxis umfassen.

Um eine *noch schnellere Überführung der Ergebnisse der Tagung in die Praxis* zu gewährleisten, sollen alle Referenten ihre Beiträge druckfertig in vier Exemplaren noch vor Beginn der Tagung im Tagungsbüro abgeben. Vielleicht können dann einige Beiträge vervielfältigt werden, *um das Niveau der Diskussion anzuheben.*

Bei Beginn hat jeder Redner seine Rede leider nicht ganz fertig, weil er erst die Ergebnisse der Diskussion abwarten möchte, um *auch die dort geäußerten ergänzenden Gedanken zu verwerten.* Die Sekretärin hatte am Tag vor der Abfahrt Haushaltstag, sagen sie bekümmert, oder ein krankes Kind. Das Manuskript ist nur handgeschrieben. Aber die Dolmetscher können so gut übersetzen, dass sie das Manuskript vorher nicht lesen müssen. Außerdem verstehen die ausländischen Gäste Deutsch und setzen die

Kopfhörer nicht auf – die Dolmetscher sprechen dann ins Leere. Dafür werden die Kopfhörer von fast allen deutschsprachigen Teilnehmern benutzt, wenn ein Vortrag in russischer oder englischer Sprache gehalten wird. Nur einige lassen die Kopfhörer liegen. Entweder haben sie mühselig Sprachintensivkurse absolviert, oder sie tun so, als ob sie gut verstehen. Bestaunte Höhepunkte stellen Wissenschaftler dar, die ihre Diskussionsfragen, die Hände in den Hosentaschen, in der Sprache des ausländischen Wissenschaftlers stellen, schnell und vom Publikum abgewandt, sodass sie nur der Redner versteht, der wiederum in gebrochenem Deutsch antwortet, höflich wie viele Nichtdeutsche.

Der letzte Tag, an dem man seine Teilnahme an der Tagung anmelden kann, ist sehr zeitig. Kaum jemand hält ihn ein. Dieser festgesetzte Tag stellt jedoch eine gute Ausrede für die Tagungsleitung dar, unliebsamen Teilnehmern *wegen Nichteinhaltens des letzten Anmeldetermins* abzusagen.

Der Tagungsleiter hat schon ein Buch geschrieben oder herausgegeben. Er ist Professor oder wird es bald. Er veröffentlicht die Reden der Tagung, das wird sein zweites Buch. Gibt es mehrere Tagungsleiter, wollen alle Herausgeber sein. Ihre Namen stehen auf dem Titelblatt, und sie bekommen ein Honorar, das aber, im Unterschied zur wissenschaftlichen Ehre, sehr gering ist. Der Tagungsleiter hat sich für die nächste Tagungsleitung zu bewähren, darum wird er genau beobachtet und zum Schluss einer ausführlichen Kritik unterzogen. Sie betrifft auch seinen Anzug und den Schlips, außerdem die Reihenfolge, in der er bei der Begrüßung die Ehrengäste nannte.

Der Mitarbeiter des Tagungsleiters hat noch keinen hohen Rang. Er muss die Organisation übernehmen. Auch Herausgeber wird er noch nicht sein, aber er ist schuld, wenn einer nicht das richtige Zimmer bekommt oder der Falsche eine Absage. Warum hat er nicht jedes Mal gefragt? Nun muss der Tagungsleiter wieder alles ausbügeln. Dem Mitarbeiter untersteht das Tagungsbüro, das die Teilnahmegebühren, die ausstehenden Beiträge und den Eintritt für den Gesellschaftsabend kassiert. Außerdem befehligt er die Betreuer für die ausländischen Gäste, denen *die Sehenswürdigkeiten der näheren Umgebung* zu zeigen sind.

Das Präsidium besteht aus den wichtigsten Rednern und aus wissenschaftlichen Kapazitäten, die nicht das Wort ergreifen. Die Zusammensetzung hat mit Fingerspitzengefühl zu geschehen und dem Kräfteverhältnis in der Welt zu entsprechen. Den ganzen Tag sitzen die Mitglieder des Präsidiums dem Publikum Aug in Aug gegenüber und dürfen sich nicht kratzen und nicht die Schuhe ausziehen und nicht die Mittagspause verlängern, müssen auch nachmittags da sein und einen korrekten Anzug anziehen.

Die Dame am Dia-Werfer hat alles schon vorher geordnet und kann auch im Dunkeln meistens das Richtige finden. Sie wird unterstützt von den Damen an den Lichtschaltern und den Herren an den Rollos, alles Studenten, die dafür unentgeltlich an der Tagung teilnehmen und ihr Wissen bereichern dürfen. Manchmal kann ein Redner viele Dias hintereinander erklären. Es macht ihm auch nichts aus, wenn mal ein Dia auf dem Kopf steht. An ihm besteht die Dia-Dame echte Bewährungsproben. Solche klugen Männer sagen, bitte noch mal das vorvorige Dia, nein, es war doch das davor, jetzt bitte das nächste, nicht das, doch lassen Sie nur, die nächsten drei können Sie weglassen.

Der Einlassdienst ist nur am ersten Tag streng, dann kontrolliert er nur noch die hübschen Damen, den seriösen und den Herren traut er Betrug nicht zu.

Die Vorträge der Referenten hat man schon einmal gehört oder gelesen, aber es ist sympathisch, die Damen oder Herren einmal persönlich kennenzulernen. Jeder Teilnehmer sieht nach neunzehn Minuten gespannt auf den Redner, ob er *die vorgeschriebene Redezeit von zwanzig Minuten einhalten* wird. Danach verfolgt er den verbissenen Kampf, den Redner und Tagungsleiter miteinander ausfechten. Der Tagungsleiter sieht auf die Uhr und das Programm, der Redner übersieht diese Blicke. Schließlich steht der Tagungsleiter auf und schiebt einen Zettel auf das Rednerpult, das K. o. für den Redner. Der Referent fasst mit bedauerndem und überraschtem Blick auf seine Taschenuhr die Rede dahingehend zusammen, dass er aus Zeitgründen leider über die konkreten Ergebnisse nicht berichten kann, und verweist auf die baldige Veröffentlichung.

Die angemeldeten Diskussionsredner brauchen sich nicht an die Redezeit zu halten, nicht einmal an ein Manuskript. Sie beugen sich gemütlich über das Rednerpult und plaudern zum Thema des Tages. Vieles wäre noch zu sagen, *zumal sie persönlich der Meinung sind, dass man sich darüber Gedanken machen muss, sie würden auch noch eine Bemerkung in der Richtung machen wollen.* Aber mit Rücksicht auf die Pause wollen sie jetzt schließen. Sie fallen bei der Tagungsleitung positiv auf und werden vielleicht einmal zu einem Referat bei einer späteren Tagung verpflichtet.

Die unangemeldeten Diskussionsredner sind radikaler, greifen frontal an. Sie verstehen nicht, dass man ihre eigenen Arbeiten nicht erwähnte, fragen, warum man diesen Gesichtspunkt übersah und jenen nicht in die Untersuchung einbezog, verweisen auf die internationale Fachliteratur, in der schon vor acht Jahren über ähnliche Untersuchungen, allerdings ungleich fundierter und genauer, berichtet wurde, bitten um Aufklärung von Missverständnissen, weisen auf methodische Mängel von nicht zu übersehendem Ausmaß hin.

Das Publikum teilt sich jetzt in zwei Lager: Das eine will Kaffee trinken, das andere verfolgt das Schicksal des Referenten. Die Pause ist nah, und der Referent unterliegt nicht. Denn er hat das Schlusswort und kann alle Bedenken der Diskussionsredner zerstreuen. Er weist ihnen mangelnde Übersicht und persönliche Motive bei der Kritik nach. Die Teilnehmer haben wieder etwas, woran sie sich halten können, *in Zukunft noch stärker als bisher.*

Der Höhepunkt einer Tagung ist der Gesellschaftsabend. *Pro Person kostet der Eintritt zwanzig Mark und kann bei der Dienstreiseabrechnung nicht aufgeführt werden.* Der Gesellschaftsabend findet am vorletzten Abend statt und beginnt um zwanzig Uhr. Es gibt Gesellschaftsabende mit kaltem Büfett und solche mit warmem Essen am Tisch. Bei gehobenen Tagungen setzt sich das kalte Büfett mehr und mehr durch, weil die Gäste pünktlicher kommen. Jeder setzt sich, abhängig von Sympathie, Zusammengehörigkeitsgefühl, Mitleid und Taktik, an Zwei- oder Mehrplatztische. Dann erscheint ein Ober und fragt, ob Sekt oder nur Wein gewünscht wird. Da man nicht weiß, ob es zum kalten Büfett ein Glas Sekt gibt, bestellt man vorsichtshalber einen Juice, gegen das ablehnende Gesicht des Obers.

Um zwanzig Uhr fünfzehn erscheint der Tagungsleiter, der selber Hunger hat, auf der leeren Tanzfläche und begrüßt die Teilnehmer. Endlich sei man *in so netter Runde* mal beisammen und könne sich, *fern vom Ernst des Tages*, auch persönlich zusammenfinden. Er wünscht viel Freude. Wegen des *vorauszusehenden späten Abschlusses* habe sich die Tagungsleitung entschlossen, am nächsten Morgen erst eine halbe Stunde später mit dem wissenschaftlichen Programm zu beginnen. Das löst allgemeinen Beifall bei den Rednern, Präsidiumsmitgliedern und Sympathisanten aus. Die anderen hatten ohnehin vor, erst gegen elf zu frühstücken. Der Tagungsleiter gibt den Start für das kalte Büfett frei und wünscht guten Appetit.

Ganz langsam stehen die auf, die der Tür am nächsten sitzen, und gehen in den Raum, in dem das kalte Büfett angerichtet ist. Am Anfang sieht alles noch sehr appetitlich aus, Spanferkel mit Petersilie in der Schnauze, Obstsalat in Sektgläsern. Aber kein Sekt. Nach den Bestecks wird schon schnell gegriffen, auch nach den Tellern. Ein Ober teilt eine fremdländische Suppe aus, die am Tisch auf offenem Feuer kocht. Die Ersten kommen mit gefüllten Tellern, die anderen stehen in der Schlange und machen verächtliche Bemerkungen über die ersten Esser. Einige bleiben sogar am Tisch sitzen und lassen sich vom Ober etwas anderes bringen. Sie werden insgeheim bewundert.

Während alle essen, beginnt die Kapelle zu spielen. Beim Essen sind alle zufrieden und empfinden die Musik weniger als störend. Wer allerdings direkt neben der Kapelle sitzt oder an einem versteckten Lautsprecher, kann sich schon schlechter anpassen und tanzt deshalb öfter, vorausgesetzt, er will sich unterhalten.

Manche gehen in die Bar, solange sie noch leer ist. Die Barfrau weiß, dass sie es heute mit Zahlungswilligen zu tun hat, und versteckt die Karte. Cola gibt es nur mit Gin. Aber in der Bar ist es leiser. Hier spielt nur ein Kassettenrekorder.

Es gibt immer noch Herren, die Pflichttänze absolvieren. Dann geraten die Männer der aufgeforderten Damen in die peinliche Lage, die Damen dieser Herren eigentlich auffordern zu müssen.

Nach zwei Stunden ist der offizielle Teil vorbei, und die Ersten brechen auf, weil sie es zu Hause versprochen haben, am nächsten Tag ausschlafen, noch in eine andere Bar gehen oder das leere Zimmer ausnutzen wollen, vorausgesetzt, der Zimmergenosse kommt nicht so schnell. Die Zurückbleibenden fangen an, Brüderschaft zu trinken, die Ober haben doch gesiegt und stellen die Sektkübel neben die Tische. Gegen vierundzwanzig Uhr beginnen die Zurückbleibenden, sich Wahrheiten zu sagen, die sie am nächsten Tag nicht mehr wiedergutmachen können.

Um zwei Uhr fragen sich manche, warum sie immer noch da sind. Die Kapelle intoniert eine Polonaise, und die Herren müssen einen Schuh ausziehen, einen Luftballon zwischen sich und ihre Dame pressen oder eine Zeitung.

Um halb drei liegen die meisten in ihren eigenen Betten, manche hatten etwas anderes erhofft.

Beim Frühstück tragen die Herren ein neues Oberhemd, bei den Damen kann auch teures Make-up nichts ausrichten.

Die Redner der Nachmittagssitzung haben zunächst etwas mehr Publikum, aber nach der Kaffeepause ist kaum noch jemand da. Die meisten nehmen den Nachmittagszug. Wenige bleiben bis zum Schlusswort. Der Tagungsleiter weist noch einmal auf die Bedeutung der Tagung hin und drückt den Rednern, Diskussionsrednern und vor allem dem Organisationsbüro seinen *tiefempfundenen Dank* aus. *Er glaubt, im Namen aller zu sprechen.*

Die Gebliebenen bleiben auch noch das Wochenende. Sie können wieder essen, was sie wollen und mit wem.

Sie können spazieren gehen, brauchen nicht klug zu reden und ihre Anwesenheit nicht zu rechtfertigen. Sie bemerken plötzlich, dass die Sonne scheint, dass ganz normale Leute auf der Straße sind. Sie setzen sich in ein Café und bestellen Blaubeerkuchen, Schlagsahne und ein Kännchen Kaffee komplett.

Und erholen sich, mit blauen Zähnen.

Schöne Reise

Dieses Vorhaben verschwiegen wir lieber. An das südliche Meer zu fahren und nicht an das nördliche. An das südliche, und dann noch im Sommer, wenn alle bloß dorthin fahren, weil sie braun werden wollen und sagen können, im Urlaub, ach, da waren wir im Süden.

An das südliche Meer, und dann nicht mit dem Auto und auf einen Campingplatz, nicht einmal zu Freunden, die einem die Wohnung zur Verfügung stellen.

Sondern mit dem Reisebüro.

Aber wir sollten in einem Bungalow wohnen, nicht in einem Hotel. Und wir fuhren schon im Juni, sogar noch am letzten Maitag. Da war Vorsaison. Wir nahmen ein Wörterbuch mit. Das zu unserer Entschuldigung.

Der Abflug war ein paar Minuten vor Mitternacht. Treffpunkt schon ein paar Stunden vorher. So konnten sich alle Teilnehmer der Reisegruppe gegenseitig besichtigen.

Vier Frauen reisten allein. Sie saßen an den vier äußersten Ecken im Wartesaal und beäugten sich. Mit welcher der drei anderen will ich den Bungalow teilen, fragte sich jede. Denn je zwei sollten zusammenwohnen.

Die meisten waren Vorsaisonurlaubsehepaare. Ohne schulpflichtige Kinder. Oder Freundinnen mit ihrer Freundin. Nur zwei junge Männer reisten allein. Sie hatten keine andere Wahl als sich selbst. Und saßen schon zusammen, gottergeben. In der Hochsaison bekamen sie bestimmt vom Betrieb keinen Urlaub. Warum also nicht in der Vorsaison fahren und hundert Mark einsparen.

Noch zwei Männer warteten zusammen auf das Flugzeug. Sie hatten Tonbandgeräte und Kameras umgehängt, saßen als Einzige an der Flughafenbar, tranken Whisky und waren gut gelaunt. Mit ihnen musste was nicht stimmen. Und das zeigte sich schon bei der Passkontrolle. Sie waren Einzelreisende, beruflich unterwegs, auf keine Urlaubsbekanntschaft angewiesen. Sie kamen nicht in Betracht, und die vier einzelnen Damen sahen nicht mehr hin.

Dann wurde unser Flugzeug aufgerufen. Eigentlich saßen wir schon an der Tür, vor der wir uns anstellen sollten. Doch plötzlich standen viele vor uns. Und als die Tür geöffnet wurde, stürzten sie zum Flugzeugbus. Wir waren klug und stiegen als Letzte ein, um als Erste aussteigen zu können. Das gelang auch, aber die anderen überholten uns wieder im Laufschritt. Mit ungehaltenem Blick ließen sie nur die Mütter mit ihren kleinen Kindern vor. Und das auch nur, weil die Stewardess darauf bestand. Die Einzelreisenden wollten mit uns nichts zu tun haben und blieben etwas abseits stehen. Sie tauschten mit der Stewardess einen spöttischen Blick. Aber das hatten sie davon: Sie mussten im Flugzeug nach zwei leeren Plätzen suchen. Und saßen weit auseinander.

Die guten Drängler saßen links in Zweierreihen und die schlechten rechts in Dreierreihen. Wir fanden noch hintereinander zwei Plätze im Gang. Zum Trost war es ein wolkiger Nachtflug, und wir versäumten nichts.

Angst vorm Abstürzen schien außer uns keiner zu haben. Als später die Stewardess den Namen des Flugkapitäns nannte, verschwanden auch unsere Bedenken. Mit einem Kapitän, der einen solchen Namen hat, stürzt man nicht ab. Wie klingt das in der Zeitung. Die Stewardess sagte auch, wie sie und ihre Kollegin heißen und wohin wir flogen. Nachdem wir uns abschnallen durften, wurden alle unruhig.

Wo bleibt das Essen. Wofür haben wir diesen teuren Preis bezahlt.

Die Stewardessen blieben freundlich und sagten durch den Bordlautsprecher: Wir haben für Sie einen kleinen Imbiss vorbereitet.

Dann soll sie das doch nicht über Lautsprecher ankündigen. Langweilige Gesellschaft. Endlich kommt Bier.

Bier oder Saft, fragte die Stewardess.

Dann folgte der zellophanverpackte Imbiss. Die vorn saßen, erhielten ihn zuerst. An uns ging die Stewardess viele Male mit vollem Tablett vorbei und kehrte mit leerem wieder.

Ich wollte mich vorn hinsetzen, aber es musste ja nach dir gehen, sagte ein Ehemann. Doch auch er bekam sein Tablett und sein Bier, aß schnell und schob das Tablett von sich.

Wo bleibt sie denn, so was muss doch abgeräumt werden.

Es gab auch Kaffee. Mir goss die Stewardess den heißen Kaffee über die Hose. Aber die war schwarz, und die Stewardess brachte gleich eine andere Tasse.

Durch das Mikrofon wurde bekannt gegeben, dass der Himmel jetzt wolkenlos sei. Wir standen auf und wollten durch die Bullaugen die klare Nacht sehen. Doch die Bullaugen gehörten denen, die daran saßen. Das sah man an ihrem Blick. Erst als wir uns wieder setzten, schliefen sie ein.

Dann sollten wir unsere Uhren vorstellen, wir waren angekommen. Die Polizei und der Zoll waren müde und schliefen gleich weiter. Draußen standen zwei Busse. Wir nahmen den Kampf auf und waren die ersten im Bus. Die wenigen Vornehmen blieben in der Kälte und warteten auf den dritten Bus.

Der kommt noch, sagte die Dolmetscherin.

Wir fuhren ab. Unser Bungalow entpuppte sich als einstöckiges Hotel. Weil wir an der Bustür saßen, konnten wir als Erste aussteigen und die Rollen unter uns verteilen. Einer wartete auf die Koffer, der andere stellte sich in der Hotelrezeption an. Dort gab ein grau melierter Reisebürovertreter die Schlüssel aus.

Unser Zimmer lag zu ebener Erde und war vom Garten zu erreichen. Wir hatten einen Balkon, der auf den Rasen an der Straße mündete. Als wir ihn betraten, sahen sich auch unsere Nachbarinnen ihren Balkon an. Es war die hübscheste der vier Frauen mit der zweithübschesten, sie hatten sich vor der Schlüsselverteilung geeinigt. Die beiden anderen fügten sich wortlos und wohnten daneben.

Zu unserem Zimmer gehörte eine Toilette mit einer Dusche und Zementfußboden. Das Radio pfiff, es war inzwischen drei Uhr morgens. Wir konnten noch fünf Stunden schlafen.

Am Morgen trafen wir uns um halb neun vor dem Hotel. Der grau melierte Herr sagte uns, er sei unser Repräsentant, gegen Sonnenbrand helfe Joghurt, die Dolmetscherin und er wären jeden Morgen beim Frühstück dabei, allerlei Kulturelles würde uns geboten, auch ein geselliger Abend stattfinden, und nach dem Frühstück teile er das Taschengeld aus. Auch die Verpflegungsbons, die wir einlösen können, wo wir wollen. Weil Vorsaison ist. Wir brauchten nur jeden Morgen zum Frühstück zu kommen. Aber das pünktlich. Und jetzt geht es los.

Die Damen gingen alle in langen weißen Hosen und die Herren in kurzen weißen Hosen. Eine lange Reihe, aber wir brauchten uns nicht anzufassen. Im Frühstücksraum waren die Sechsmanntische schon gedeckt.

Jeden Morgen sollen wir uns wieder an denselben Platz setzen. Schon wegen der Übersichtlichkeit, ermahnte der Repräsentant.

An unserm Tisch saßen noch ein Ehemann mit einer Taucheruhr, eine Ehefrau mit blondierten Haaren und ihr Kind, ein Mädchen oder ein Junge.

Wenn du nicht aufisst, fahren wir wieder ab, sagten sie zu ihm.

Auch eine der alleinstehenden Frauen gehörte noch zu unserm Tisch. Sie saß da und sah klug aus.

Die Kellnerinnen brachten jede Speise einzeln, sie waren noch nicht so geübt in der Vorsaison. Zuerst das Stück Kuchen, dann ein Stück Butter, dann ein Korb Brötchen, dann eine Tasse mit einem Teelöffel Pulverkaffee, dann ein Marmeladenschälchen und ein gekochtes Ei. Da es viele Kellnerinnen gab, störte das nicht sehr.

Wir standen als Erste auf und gaben damit das Signal für die anderen. Trotzdem bekamen wir als Erste im Hotel unser Taschengeld. Das war unsere Rache für die Drängelei auf dem Flugplatz.

Wir teilten Taschengeld und Talons für jeden Tag ein, planungsgewohnt, nahmen unsere Badesachen und gingen an den

Strand. Dort standen Sonnenschirme in drei Reihen, und wir legten uns unter einen freien. Eine schwarz gekleidete Frau verlangte dafür Geld, das erste, das wir von der fremden Währung ausgaben. Es erschien uns kostbar. Die Frau kam noch einmal und wollte uns Ketten aus kleinen braunen Muscheln verkaufen.

Erst beim zweiten Versuch trauten wir uns tiefer ins Wasser. Denn es gab viele kleine vielfüßige Tiere, die wie Blätter aussahen. Und Krebse.

Am Strand stand ein Schild mit einem Pfeil in Meeresrichtung, und in deutscher Sprache wurde gewarnt: *Gefährliches Loch.*

Alle fünfzig Meter ein Rettungsschwimmer auf einem überdachten Podest, mit einem Fernglas und einer Trillerpfeife. Einige Rettungsschwimmer fuhren in Ruderkähnen die Linie entlang, bis zu der wir hinausschwimmen durften.

Wir gingen wieder aus dem Wasser und sahen am Rettungsturm in mehreren Sprachen eine Warnung. Die in deutscher Sprache lautete so:

1. *Meeresgrundgrube. Das plötzliche Versinken in eine Meeresgrundgrube unterdrückt die Atmung und kann Ertrinken hervorrufen. Baden Sie nur an Stellen, deren Meeresgrund nachgeprüft ist.*
2. *Baden nach dem Essen. Das Baden nach einem reichlichen Essen ist eine grobe Unwissenheit! Der Wasserdruck drückt den vollen Magen und kann Erbrechen mit Ersticken und Übelkeit hervorrufen. DENKT DARAN, dass die beste Nachspeise nach dem Essen die zweistündige Zurückhaltung vom Baden ist!*

3. *Muskelkrämpff. Der plötzliche Muskelkrampf im Wasser verursacht sehr oft Schrecken und Verwirren beim Schwimmer, falls er nicht weiß, wie er den Muskelkrampf zu beseitigen hat.*

   Der gelähmte Muskel wird einige Male gestreckt, wonach er massiert wird, bis er sich wieder entspannt.

   Der Stich mit einer Nadel kann auch helfen.

   Zur Vermeidung von Muskelkrämpfen schwimmen Sie zunächst langsam und ohne Spannung, bis ein Erhitzen auftritt.

   In den ersten Tagen muss das Baden im Meer seinem Charakter nach mehr ein allmählicher Training sein und kein Wettkampf.

4. *Schwimmende Gefäße. In der Nähe eines Schiffes kann der Schwimmer in eine Bugwelle geraten und von der Schiffschrauin die zerrissen werden.*

   Gummimatrazen. Gummimatrazen und andere Schwimmgegenstände schaffen das trügerische Gefühl einer Sicherheit!

5. *Infolge des Windes, eines vorbeisggelnden Schiffes oder des Seegangs entgleitet ganz plötzlich die Gummimatraze. Vertraut nicht auf schwimmende Gegenstände und fall Sie nicht schwimmen können, verlassen Sie nicht die richtige Tiefe.*

6. *Rückläufige Bewegung auf dem Grund des Meeres (Grundsog). Der seegang bildet eine mächtige Strömung am Meeresgrund die in Richtung Meer zieht und zieht die Badenden zur gefährlichen Zone der Brandung. Lassen Sie nicht zu, dass Sie von der Meeresgrundströmung zu den brechenden Wellen der Brandung fortgerissen werden. Bei starkem Seegang soll das Baden vermieden werden.*

Auf einer Tafel waren Zeichnungen zu sehen, die die Warnungen verdeutlichten. Während wir den Text abschrieben, sah uns der Rettungsschwimmer anerkennend an.

Attention, sagte er und lächelte uns an. Er hatte eine vollständige Reihe ganz weißer Zähne.

Um uns herum lagen viele Menschen, die je einen blauen Ball mit der Aufschrift NIVEA, eine blaue Flasche Piz-Buin-Azulmilch mit Sonnenschutzfaktor 3, eine gestreifte Badehose, einen weißen Plastesonnenschutz für die Nase, eine gelbe lange Hose, einen roten Leinenbeutel mit Seitentaschen sowie eine Illustrierte STERN bei sich führten. Sie unterhielten sich meistens auf Bayrisch über Mallorca. Mittags brachen sie auf und gingen zum Hotel am Strand, einem Hochhaus, zum Essen. Dieses Hotel besaß im Hof einen Swimmingpool, im Juni ohne Wasser.

Es blieben noch Menschen am Strand, sie trugen weiße Leinenhüte oder zartfarbene Chiffonschals auf dem Kopf, lasen ein Buch und manchmal eine PRAWDA. Und sangen Volkslieder. Als auch sie zusammen zum Mittagessen gingen, bekamen wir Hunger. Wir suchten uns in der Nähe ein Restaurant, an dem nicht Dinner-Klub stand. Dort bestellten wir Rumpsteak. Die Kellnerin schrieb den Preis auf einen Bestellblock und verrechnete sich zu ihren Gunsten. Ehe wir uns entschieden hatten, ob wir sie darauf hinweisen sollten, kam die Kellnerin wieder und sagte, dass es kein Rumpsteak mehr gibt. Wir bestellten Kalbfleisch mit Tomaten. Da erschien der Restaurantleiter und sagte, wir haben nur noch Kalbfleisch mit Paprika, nicht scharf. Wir bekamen eine Portion und eine gestreckte. Dafür war der Joghurt zum Nachtisch eisgekühlt und mit Puderzucker bestreut.

An diesem Tag zogen wir immer größere Kreise um unser Hotel, aber wir kamen wieder und wieder an den gleichen Kiosken mit den gleichen blau-weiß gestreiften Nickis, den gleichen schaffellgefütterten Handschuhen und dem gleichen braunen Keramikgeschirr vorbei. Schließlich wiesen alle Hinweisschilder auf ein Fischrestaurant. Es wurde im folkloristischen Stil geführt, und alle Ober trugen blau-weiße Nickis und Schürzen. Im Restaurant sprachen die meisten Gäste französisch. Wir bestellten zwei Schollen und zwei Glas Wermut. Der Wermut kam gleich, die Schollen ließen auf sich warten. Die andern Gäste bekamen auch nichts zu essen. Denn die Ober bereiteten offensichtlich alles für die Ankunft einer größeren Gesellschaft vor. Einige Gäste wurden an andere Tische gesetzt, wir durften bleiben. Einige Tische wurden zusammengestellt, abgewischt, mit Gewürzfässern versehen, Stühle herangestellt. Nach fünf Minuten öffnete sich die Tür, und ein Akkordeonspieler spielte *Katjuscha*. Die Hereinkommenden setzten sich und sangen gleich mit. Dann kamen auch unsere Schollen.

Sobald wir auf der Straße waren, umgab uns wieder der Touristikrummel: gläserne Cafés, Tanzkapellen, Ausländer mit hochgeschobenen dunklen Sonnenbrillen auf dem Haar. Wir setzten uns in eine Gaststätte mit einer appetitlichen Speisekarte. Auf der Tanzfläche vollführte ein Mädchen mit einem nichtssagenden Gesicht unzweideutige Beckenbewegungen. Ihr Partner sah in eine andere Richtung, sie tanzten in ziemlichem Abstand.

Am Nachbartisch saßen zwei blonde junge Damen aus unserer Reisegruppe mit zwei einheimischen jungen Männern. Eine fasste die Hand des neben ihr sitzenden Mannes und sagte zu ihm, wir passen gut zusammen, denn wir sind beide kalt. Dann fragte sie ihn, wo hier die Sauna ist, man geht nackt rein und wird mit Ruten geschlagen. Er verstand nicht genau die Worte, nur den Sinn, lächelte fröhlich und war sehr schön. Wir wetteten, wer die Zeche bezahlen wird. Die jungen Damen zückten ihre Talons, aber die Männer wahrten das Patriarchat. Eingehakt gingen die vier weg.

Am nächsten Morgen hatten zwei am Frühstückstisch hochrote Sonnenbrandköpfe, die kluge Frau und der Ehemann. Diesmal trug er eine andere Taucheruhr.

Damit könnte ich tieftauchen, sagte er.

Das Kind war ein Mädchen und wollte nichts essen.

Wenn du was isst, brauchst du auch nicht das Ei zu essen, sagte die Mutter zu ihm.

Das Kind wollte aber das Ei.

Wenn du das Brötchen gegessen hast, darfst du aufstehen und Stefan besuchen.

Stefans Mutter saß am Nachbartisch und wollte keinen Besuch. Das Kind war mit seinen Eltern unzufrieden.

Bis morgen, sagten wir zu den andern.

Vorbei an den Gaststätten, den Nachtbars, den Souvenirläden, den lackierten Pferdekutschen mit Auffangtüchern für die Pferdeäpfel, vorbei an den Kutschern im Frack, an den zu Gaststätten ausgebauten alten Schiffen. Wir gingen an diesem zweiten Tag, bis wir ganz allmählich in das Land hineinkamen.

Wir wanderten die Landstraße entlang. Am Straßenrand lag eine tote Schlange. Auf der Wiese am Hang ruhte ein Kamel, drehte langsam den Kopf zu uns, war nicht angebunden. In der Nähe ein Esel im Schatten.

Hohe Gartenmauern verbargen Häuser und Menschen. Hinter den angelehnten Toren sahen wir riesige Blüten. Auf den Bäumen hockten große, schweigende weiße Vögel. Nur ab und an brachen sie in ein lang gezogenes Lachen aus. Vor den Häusern saßen Menschen auf Hockern und unterhielten sich oder strickten. Schwarz gekleidete Frauen. Einige zogen, als sie uns sahen, aus ihren Schürzentaschen Muscheln, die innen rosa waren, oder sie schickten ihre Kinder ins Haus, um präparierte Krabben zu holen und zu zeigen. Sie blieben freundlich, wenn wir ablehnten.

Eine alte Frau zog uns durch das Tor in den Garten und zeigte Seepferdchen. Sie erzählte, wir konnten sie nicht ganz verstehen und sahen im Wörterbuch nach. Als sie erfuhr, dass wir nicht aus Westdeutschland sind, lachte sie mit ihren faltigen schwarzen Äuglein, da, Kollega. Wir kauften ihr ein Seepferdchen ab.

Und sie wünschte uns Glück auf dem Weg.

Auf diesem Weg kamen wir an Gärten vorbei, in denen Schafe, Hühner und Kaninchen zusammenlebten. Wir sahen Menschen, die ihr Haus neben einem blühenden Rosenstock bauten, die schon im unverputzten Erdgeschoss wohnten. Vielleicht bauen sie im nächsten Jahr weiter. Wir beobachteten durchs Schaufenster einen Bäcker, der Brot am offenen Feuer buk, aßen den warmen Brotlaib auf der Straße. Dann kamen wir an einen Hafen.

Dort trockneten die Fischer ihren Fang an langen Schnüren, saßen in der Sonne und tranken Rotwein. Wir traten vorsichtig auf ihre Netze, die über die ganze Straße ausgebreitet waren, auch Busse fuhren darüber. Ein Dampfschiff hatte angelegt, es sah so aus wie die Mississippidampfer auf alten Bildern, und es tutete zur Abfahrt. Außer uns stiegen nur sechs Passagiere ein. Linienverkehr, Nieselregen und starker Seegang. Vier Passagiere wurden seekrank und lagen im roten Salon, wir blieben an

Deck, der Kapitän hielt uns für Landsleute und zeigte uns springende Delfine, einer schwamm lange in unserer Bugwelle. Mit einem Lkw-Fahrer kehrten wir zurück, er hielt von selbst und brachte uns zur Bushaltestelle im nächsten Ort.

Immer kamen wir wieder zurück zum Frühstück. Wir unterbrachen dann unsere Reise und nahmen Anteil an Erziehung, Uhrenindustrie, Sonnenbräune, am Zustand der Toiletten und des Nachtlebens.

Auch den bunten Abend überstanden wir. Die Kapelle gab es schließlich auf, ihre Musik zu spielen, und fügte sich, blau, blau, blau ist der Enzian. Salzfässer, Teller und Keramiklikörgläser verschwanden von den Tischen. Die Stimmung stieg, bis einer grölte, wir wollen unsern alten Kaiser Wilhelm wieder haben.

Am nächsten Tag, am letzten Tag, besuchten wir noch einmal das Dorf, in dem wir zuerst waren, die alte Frau und den blühenden Rosenstock.

In jeder Straße war eine gedruckte Traueranzeige mit dem Foto eines Verstorbenen angenagelt. Ein junges Gesicht. Manchmal schützte eine Plastiktüte die Anzeige vor dem Regen, und wo er gewohnt hatte, hing quer über der Anzeige ein schwarzer Schal. Als wir an diesem Hauseingang stehen blieben, erschien uns der Tote nicht fremd. So als ob wir ihn eben erst auf der Straße gesehen hätten. Viel Trauer um diesen einen.

Wir kauften Erdbeeren, groß, reif und sandig. Wir hörten Zupfinstrumente, eine schnelle, fröhliche Flöte, suchten und fanden sie im Garten eines Restaurants, wieder hinter einer hohen Mauer, das Holztor angelehnt. Die Musiker saßen um einen Tisch, ihnen gegenüber die einzigen Gäste, ein altes Paar. Wir setzten uns, hörten und sahen zu. Das Paar bewirtete die

Musikanten, die bedankten sich mit einem noch schnelleren, übermütigen Musikstück. Sie erschienen uns frei, solchen Spaß hatten sie an ihrem eigenen Spiel. Als sich das alte Paar verabschiedete, gab der Ober der Frau einen Kuss auf die Wange.

Wir wollten unsere Erdbeeren waschen, der Ober brachte eine Karaffe mit Wasser und einen großen Keramikteller, zeigte uns den Wasserabfluss in der Mitte des Gartens. Dann deckte er den Tisch mit Kebabs, Oliven, Schopka-Salat und Joghurt, setzte sich in die Nähe und freute sich, weil es uns schmeckte.

Die Kapelle spielte, die Vögel lachten auf den Bäumen – wir waren wirklich in einem anderen Land.

An diesem letzten Abend trafen wir vor unserem Hotel zwei vornehme Damen aus unserer Gruppe. In dem Flachbau hinter dem Rundbau soll man ja so gut essen können, sagte die eine. Dort sollen sogar Spatzen auf den Tischen herumfliegen, sagte die andere.

Im Nachbarort, antworteten wir ihnen, wächst ein Baum in einer Gaststätte. Keiner sägt ihn ab. Nun wächst er durchs Dach.

Beim Rückflug trugen alle Männer die gleichen Jacken aus Wildleder. Der Zöllner bezweifelte unsere Zugehörigkeit zur Reisegruppe. Wir mussten die Koffer öffnen und hatten darin: ein Seepferdchen, eine Muschel, die innen rosa war, da konnte er das Meer rauschen hören, eine Muschel, die innen blau war, eine Tüte Knoblauchzwiebeln, einen Ledergürtel, einen Laib Brot und eine Flasche Rosenlikör, eine große und eine kleine Krabbe, unpräpariert. Nichts zu verzollen.

Die Insel

Schon morgens war es sehr heiß auf der Insel. Kaum Kinder. Noch keine Ferien.

Die Steine, kantig, brannten an den Fußsohlen. Darum zog sie ihre Sandalen wieder an. Sie wollte so lange am Strand gehen, bis sie keinen Menschen mehr traf.

Zwischen den leeren Burgen wurden die Abstände immer größer.

Der Strand wurde schmaler, die Steilküste höher, kein Mensch zu sehen.

Sie ging langsamer.

Blieb stehen.

Ihren Beutel mit einem Handtuch, einem Buch und einem Apfel legte sie in eine Burg.

Es gab wenig Sand, die Burg war aus Steinen, in den Steinen staken tote Äste, und auf den Ästen waren wieder Steine aufgespießt, jemand hatte auf sein Glück gehofft. Große Hühnergötter.

Sie wollte sich auf das Handtuch setzen, aber die Sonne war zu heiß.

Sie legte das Handtuch als Sonnenschirm über einen Ast und ihren Nicki unter den Kopf. Dann begann sie zu lesen.

Bevor sie ins Wasser ging, wollte sie durch und durch warm werden. In der Burg war es windgeschützt, sie dachte an die vernünftigen Vorschriften für das erste Sonnenbad im Jahr.

Wenig später stand sie auf, setzte sich an den äußeren Burgrand unter das Handtuch und sah auf das Meer. Wirklich·kein anderes Ufer. Und ein weißes Segel in der Ferne.

Sie begann sich wohlzufühlen.

Neben ihr, zwischen den Steinen, lag eine leere Milchtüte, eine schwedische. Jemand hatte mal erzählt, einer vom Zeltplatz hätte morgens immer nach Angeschwemmtem gesehen und einmal einen schwedischen Plasteeimer gefunden. Daraufhin suchten jeden Morgen viele vom Zeltplatz den Strand ab.

Nie möchte ich einen angeschwemmten Menschen sehen, dachte sie. Sie erinnerte sich an einen aufgequollenen weißlichen Fisch vor einem Wehr. Den hatte sie in ihrer Stadt von einer Brücke aus gesehen.

Wie leicht man hier ertrinken könnte, dachte sie. Einfach geradeaus gehen, dann geradeaus schwimmen, ich bin nicht kräftig, die Strömung ist stark.

Das Wasser erschien ihr fast schwarz, bedrohlich. Vielleicht geht es gleich tief rein, oder unter der Oberfläche liegen große Steine. Einige Steine ragten mit ihrer Spitze über den Wasserspiegel. Die sind vielleicht so groß wie ich.

Sie stand auf und ging ans Wasser. Mit beiden Händen hob sie einen Stein und warf ihn hinein. Das Geräusch war erlösend, einige Möwen flogen weg.

Immer habe ich ein schlechtes Gewissen, wenn ich Steine ins Wasser werfe, dachte sie. Weil schon genug drin sind. Dann kann man hier noch schlechter baden. Vollkommen blödsinnige Gedanken.

Sie ging ins Wasser.

Schaumkronen lecken wirklich, dachte sie.

Vorsicht, da sind Löcher im Meeresboden. Eine Männerstimme.

Sie drehte sich um, sah einen Filzhut in einer Burg. Dann ging sie weiter ins Tiefere. Ihr konnte nun nichts mehr passieren.

Sie genoss das Geborgensein ein wenig, schwamm dann von der Stimme weg, kehrte zum Ufer zurück und robbte an Land. Sie nahm ihr Handtuch vom Ast und setzte sich in die Burg.

Als sie trocken war, hängte sie das Handtuch auf, legte sich auf ihren Nicki und las weiter.

Ich störe Sie nicht.

Sie erkannte die Stimme wieder und sah über den Burgrand.

Da saß einer mit einer Sonnenbrille und einem ausgedellten Filzhut. In ziemlicher Entfernung. Man konnte ihn gerade noch verstehen, ohne dass er rufen musste.

Ich sitze hier bloß so, sagte er. Ich muss gleich weg, mein Essendurchgang ist nämlich dran. Ich fahr mit dem Fahrrad immer hierher. Sie sind die ganze Strecke gelaufen, nicht?

Sie legte ihr Kinn auf den Burgrand und sah ihn sich an.

Er nahm die Sonnenbrille ab und sagte: Ich heiße auch. Dann lüftete er den Hut.

Sie musste lachen.

Er rückte von zehn Meter Entfernung auf neun Meter heran und sagte: Ich kenne Sie schon eine Stunde und tue seitdem nichts anderes.

Nicht darauf reinfallen, dachte sie.

Ich konnte den Ferienscheck bloß nehmen, weil ich keine schulpflichtigen Kinder habe. Gar keine Kinder. Sie auch nicht?

Ich habe keinen Ferienscheck, sagte sie.

Für wie viele brauchen Sie denn einen Ferienscheck, wenn Sie einen bekommen könnten?

Müssen Sie nicht zum Mittagessen?

Wissen Sie, wie ich Sie kennengelernt habe?, fragte er plötzlich. Ich habe Sie die ganze Zeit beobachtet, als Sie den Strand entlangkamen. Zuerst hätten Sie auch ein Mann sein können, mit den Jeans und dem Nicki. Aber dann sah ich Ihre Haare. Und Ihren Gang. Sie gingen mit großen Schritten und wiegten sich in den Schultern. Ich dachte, wie frei muss sie sein. Sie gingen, als ob Sie keine Steine auf den Schultern hätten, als Sie sich von den Menschen entfernten. Dann legte ich mich in meine Burg zurück und hoffte, dass Sie es hier auch so schön finden und bleiben. Schließlich sah ich Ihr Handtuch. In der Nähe. Ich ess bloß schnell. Sie sind doch nachher noch da?

Diesmal bin ich wirklich daran unschuldig, dachte sie und zog sich in die Burg zurück. Sie deckte sich mit ihren Sachen zu und schlief ein.

Zum Nachtisch gab es eine Apfelsine, essen Sie so was gern?, fragte er. Fangen Sie auf.

Danke.

Wie kommen Sie denn auf die Insel, privat?, fragte er.

Meine Freundin hat ein Quartier, aber sie kann erst am Wochenende kommen, da hat sie mir die Adresse gegeben. Vielleicht schlaf ich noch das Wochenende auf dem Bettvorleger, ich habe eine Luftmatratze und einen Schlafsack mit, erklärte sie absichtlich umständlich.

Aber er machte kein spöttisches Gesicht.

Ich bin zum ersten Mal hier, sagte er, ich bin sonst den Sommer am Schwarzen Meer. Da hab ich Bekannte. Die haben ein kleines Häuschen, hundertdrei Stufen tiefer ist das Meer. Nachts kann man unter einem Vordach draußen schlafen. Ich werde Sie einfach mal mitnehmen, dann sehen Sie es selbst.

Er erzählt das alles, als ob es stimmt, dachte sie, ich müsste jetzt eigentlich gehen.

Den Hut nehme ich überallhin mit, auch ins Wasser, wenn die Sonne sehr sticht, sagte er. Den habe ich aus dem Kibbuz.

Scheherezade, dachte sie.

Ich bin eben so neugierig, und da habe ich nach der Schule ein Jahr in einem Kibbuz gearbeitet. Meine Mutter war nämlich Jüdin, das heißt, sie lebt noch. Mich haben sie versteckt im Krieg. – Ich wollte mal selber sehen, wie das im Kibbuz zugeht. Und ob ich da hingehöre. Aber ich bin zurückgekommen. Jedenfalls von dort habe ich mir den Hut mitgebracht.

Sie sah, wie ihre Haut in der Hitze rot wurde.

Ich bin allein hier, weil meine Freundin verheiratet ist, sagte er leise.

So viel Ehrlichkeit hatte sie ihm zugetraut.

Und mit Ihnen stimmt auch was nicht, sagte er. Wer so geht, wird geliebt. Und trotzdem sind Sie allein. – Jedenfalls ich kann sonst wohin fahren, ich komme nicht weg von ihr. Da kann ich mir vormachen, dass ich ein Playboy bin oder ein angestrengt arbeitender Mann, der an eine Familie gar nicht denken kann. Sobald ich sie eine Weile nicht gesehen habe, bin ich voll bis obenhin mit allem, was ich ihr erzählen möchte und wozu ich ihre Meinung hören will. Sie hat ein Gesicht wie eine Plastik von Seitz, flächig, ganz klare Züge mit Backenknochen.

Eigentlich ist das komisch, wenn man einer fremden Frau davon erzählt. Aber ich suche mir immer Frauen aus, die das verstehen.

Wissen Sie, ich liebte meine Freundin schon vor ihrer Ehe. Aber ich konnte mich nicht zum Heiraten entschließen. Ihr Mann war da irgendwie zielstrebiger. Der guckt geradeaus, mit Scheuklappen. Passt nicht zu ihr. Und ich warte darauf, dass sie es auch merkt. Sehen Sie, morgen fahre ich nach Hause, und garantiert sitze ich übermorgen an ihrem Abendbrottisch und erzähle von Ihnen. Ich werde es los, und dann hat es noch zwei Vorteile, er ist beruhigt, wenn er überhaupt schon mal be- unruhigt war, und sie ist vielleicht eifersüchtig. Irgendwann müsste sie doch merken, dass ich ihr auch abhandenkommen könnte, nicht?

Er sah sie fragend an, als ob er Hilfe erwartete.

Sie sah zurück, den Strand zurück, woher sie gekommen war.

So weit weg waren die anderen Menschen gar nicht, man konnte sie sehen. Einige schleppten Holz zu einer Feuerstelle, zündeten es an, andere legten auf den Rost Fleischstücke. Der Rauch stieg schräg auf, denn es war Wind aufgekommen.

Für heute habe ich genug Sonne, sagte sie zu ihm.

Und sie lächelte ihm erleichtert und ermutigend zu.

Sie kriegen sich, es geht gut aus, sagte sie. Vielleicht weiß sie gar nichts von Ihnen. Am Ende denkt sie wirklich, Sie sind ein Playboy geworden oder ein Mann, der sich vor lauter Arbeit keine Familie leisten kann. Hat sie schon Kinder?

Sie will noch warten, antwortete er.

Vielleicht will sie eins von Ihnen.

Sie stand auf, packte ihre Sachen ein und ging aus der Burg.

Er saß vor der Burg und grub den Hut ein.

Vielleicht habe ich das Einfachste nicht gedacht, dass sie auf mich wartet, sagte er.

Seine Sonnenbrille hielt er in der Hand, er sah sie an.

Freundliche, hilflose Augen hat er, dachte sie.

Ich geh jetzt.

Sie drehte sich um, holte den Apfel aus der Tasche, biss hinein und ging mit großen Schritten weg.

Die Steine waren vom Wind kühler geworden.

Sie konnte barfuß gehen.

Bald kam sie ans Feuer, das Fleisch war schon knusprig.

Sie ging weiter und wollte gern, dass er ihr nachsah. Sie drehte sich um.

Und sah ihn mit dem Hut und der Sonnenbrille auf einem großen Stein sitzen, in ihrer Richtung.

Sie winkten beide nicht.

Vogelschreien

Ich bau mir ein Haus. Umgrenzung als Erstes, gemauert und obenauf Ziegel. Maurisch.

Was für ein Tor? Die Haustür wird das Tor, aus geschnitztem Holz. Ich bemale sie dunkelgrün und ein wenig rot.

Über die Mauer kann nur in den Garten sehen, wer sich auf die Zehenspitzen stellt. Dann sieht man vorn den Brunnen mit der Pumpe.

Wo hole ich im Winter das Wasser? Am Brunnen, es friert nicht. Denn es darf im Winter nicht kalt werden. Vor der Pumpe steht ein Tisch aus Zement mit einer Vertiefung für die Waschschüssel. Neben der Pumpe ein Rosenstock.

Aber wenn er verblüht? Ich hoffe, dass er lange blüht. Ich hoffe, dass ich bald alle Blumen kenne, die große Blüten haben und lange blühen, immer aufs Neue. Bis im nächsten Jahr wieder die Rosen blühen.

Wer sich noch einmal auf die Zehenspitzen stellt, bevor er erlahmt, sieht auf einem Stapel Holzscheite eine Katze in der Sonne liegen.

Aber wozu die Holzscheite, wenn es nicht kalt wird? Nur zur Sicherheit, falls es doch einmal kühler ist und ich, an die Wärme gewöhnt, ein Feuer brauche.

Die Katze sieht den ungebetenen Beobachter mit gespitzten Ohren und aus halb geschlossenen Augen an.

Neben dem Holzstoß steht ein großer Baum. Das Haus muss kleiner sein. Sonst wächst ein Ast hinein. Der Baum bleibt Sieger.

In seiner Krone sitzt eine Heringsmöwe. Zuerst halte ich sie für eine Lachmöwe. Aber Lachmöwen lachen gar nicht, sie sind klein und leben in Lachen. So steht es im Vogelbuch. Dort finde ich auch meinen Vogel beschrieben, groß, am Meer lebend, mit lang gezogenem Schreien, das wie Lachen klingt. Jeder dieser Vögel sitzt still auf einem großen Baum. Bis er einen anderen sieht. Er nickt ein paarmal und glurkelt vor sich hin, streckt den Hals, sperrt den Schnabel auf und schreit, schamlos und laut. Darauf schreit der andere und dann der nächste. Bis wieder alle still sind. Und wieder über das Meer fliegen.

Vielleicht bedeutet ihr Schreien Langeweile oder Verständigung. Für mich ist es Lachen. Wenn ich auch tagsüber nicht an Seelenwanderung glaube, nachts denke ich, vielleicht waren das doch einmal Menschen, von der besseren Sorte, die traurigen Heiteren.

Aber nachts schlafen die Vögel. Und ich halte ihr Lachen nicht mehr für möglich, dieses totale, resignierte, mit weit offenem Schnabel. Ich hoffe auf das Taglicht, auf den Vogel, der im Baum sitzt. Ich hoffe, dass er einen Grund zum Lachen findet. Ich ängstige mich, es könnte ihm zu kühl werden. Ich will den Winter nicht wahrhaben, trotz der Holzscheite.

Südlicher kann ich mein Haus nicht mehr bauen. Ich wohne schon fast an der Grenze. Ich will keine Zwischenstation sein für Schmuggler oder für Wanderer zwischen Welten, will keine Wachhunde, keine Schüsse. Südlicher kann mein Haus nicht stehen, und ich muss vielleicht doch ein paar Monate ohne den lachenden Vogel leben. Dann habe ich wenigstens die Katze. Sie braucht mein Streicheln, meinen warmen Schoß und Milch.

Mein Haus bau ich so wie die Nachbarn. Sie sollen nicht zu nahe wohnen, aber ich muss ihre Häuser sehen und ihre Pumpen hören können.

Wovor mich meine Mauern schützen? Auf einer Seite könnte die Steilküste zum Meer sein und eine Mauer ersetzen. Wenn auf zwei Seiten Steilküste wäre, hätte ich zwar auf zwei Seiten Ruhe vor Menschen, aber nicht vor dem Meer, das die Felsen, auf denen ich wohne, unterhöhlt. Doch was ist mit der Mauer am Weg?

Und wenn der Weg zu einer Straße ausgebaut wird, zu einer Durchfahrtsstraße für Touristenbusse, Sattelschlepper und Baukräne, die zu den Hochhausurlaubsorten fahren? Nicht nur meine Katze wird angestarrt werden und meine Blumen, nein, jeder wird hier Urlaub machen wollen. Weil es so abgeschieden ist. Ein Schild *Bissiger Hund* wird auch nichts nützen, weil kein Hund zu hören ist. Und wenn ich einen hätte, wäre er bestimmt nicht bissig, sondern läge neben der Katze. Bloß mehr im Schatten. Lasse ich mich nicht im Garten blicken, dann klingeln sie, treten ein, und ich habe Mühe, sie wieder hinauszubekommen.

Nahe beim Meer muss das Haus stehen, sonst kommen die Vögel nicht. Die Mauer muss eben sehr hoch sein, vielleicht gibt es da keine bindenden Vorschriften.

Das Haus baue ich aus großen Steinen. Die suche ich am Meer. Doch wie die Steine transportieren und aufeinanderschichten? Ich werde mich nach einem Mann umsehen. Aber nach einem, der mir wirklich nur das Haus baut. Er wird mich teuer zu stehen kommen. Wenn er verheiratet ist, erlaubt ihm seine Frau sicher nicht, bei mir, einer alleinstehenden Frau, zu arbeiten. Da müsste er unverheiratet oder ich verheiratet sein. Das ist die Lösung: Ich verheiratet, nur für die Zeit des Hausbauens, doch beruhigend für die Ehefrau. Vielleicht finde ich ihn über eine Annonce: *Jg. Frau sucht Mann für Sechsmonatsehe am Meer, in Kost und Logis.*

Vielleicht könnte dieser Herr auch ein bisschen helfen, mal Sand durchsieben oder einen Eimer tragen. Wenn Nachbarn vorüberkommen, muss er mir einen Kuss auf die Wange geben – nicht auf den Mund, dafür bezahle ich Männer nicht.

So, das Haus ist im Bau. Zuerst stelle ich zwei russische Betten auf mit zwei Schlafsäcken, damit mein Annoncenmann nicht wieder abfährt. Dann muss ich für Essen sorgen. Der Hausbauer wird etwas anderes essen wollen als der Annoncenmann. Ich darf sie aber beide nicht verärgern. Vielleicht bekommt der Hausbauer Essen von seiner Frau mit. Ab und zu werde ich einen Fisch von den Nachbarn, den Fischern, kaufen. Wenn sie mich nicht mehr für einen Touristen halten, werden sie weniger verlangen.

Den Topf nehme ich von zu Hause mit. Er ist blau mit großen weißen Blumen. Und ich kann ihn auf den Tisch stellen.

Aber wo koche ich? Ich sollte als Erstes den Herd und den Schornstein bauen lassen. Zum Kochen könnte ich die Holzscheite verwenden, auf denen die Katze liegt. Das Holz kann der Annoncenmann kleinhacken.

Möglichst rasch sollen die Fensteröffnungen zur Straße verglast werden. Große Fenster, die fast bis zur Erde reichen, ich muss sie beizeiten zuhängen können.

Wie ist das mit den Krabben? Soll ich sie getrocknet und präpariert hinter die Fensterscheiben legen? Ich bekomme für eine präparierte Krabbe umgerechnet acht Mark von den Touristen, für ein Seepferdchen zwei Mark, für eine Muschel vier Mark, aber nur, wenn sie das Meer in ihr rauschen hören, für eine Muschelkette auch vier Mark. Aber wie lange müsste ich an ihr fädeln und lackieren.

Wenn nun ein Polizist sieht, wie ich vor meinem Haus stehe und aus meiner Schürzentasche die Krabben und Muscheln hole und erkläre, dass ich mein Haus nicht weiterbauen kann, wenn keiner mir die Krabben abkauft? Wenn mich der Polizist beim Verkaufen erwischt, nimmt er mir die Souvenirs weg. Das ist etwas für die Händler an den Ständen, die Aschenbecher verkaufen, mit Fotos von Heringsmöwen beklebt, für Händler, die Steuern zahlen. Das tue ich nicht. Als Fremde müsste ich jedoch ein gutes Beispiel geben und wenigstens ein Zimmer, als Dank für die Baugenehmigung, dem Reisebüro, oder wie das dort heißt, zur Verfügung stellen. Dann würde man das mit den Krabben auch mal übersehen.

Ich will aber keine fremden Gäste, auch keine bekannten, die sowieso kommen werden, schon aus Neugier, zu einem alten Landsmann, Schulkameraden, Kollegen, zu einem Gleichgesinnten, der den Trubel auch nicht mag. Damit die Verbindung nicht ganz abreißt und man wieder von zu Hause hört. Heutzutage gibt es durch den Flugverkehr ja überhaupt keine Entfernungen mehr, das Problem besteht nur in den Zubringerbussen, werden sie sagen.

Ich werde keine Krabben verkaufen und keine Reisebürogäste haben und den Annoncenmann nach Hause schicken, wenn ich den Hausbauer nicht mehr brauche.

Dann werden die Nachbarn eine Weile neugierig sein, ob ich mir einen einheimischen Mann für länger oder einen Touristen für kürzer aussuche. Und wenn sie das wissen, werden sie mich nicht mehr besonders beachten, zumal meine Hautfarbe sich der ihren angleicht.

Es bleibt die Frage nach dem Geld. Von Zinsen lebe ich nicht, auch nicht von einem Guthaben, das Zinsen brächte, nicht von den Gästen und nicht von einem Mann. Es bleibt nur die eigene Arbeit. Ich könnte Teppichknüpfen lernen, aber ich habe langsame Finger.

Nach dem zehnten Teppich hätte ich keine Sorgen mehr, die Technik wäre mir vertraut, und ich könnte mich nicht länger vom Denken ablenken. Zuerst werde ich meine Auftraggeber hinhalten, ihnen dann reinen Wein einschenken und keine Wolle mehr nehmen. Ich bin wieder frei. Ich könnte in Ruhe schreiben.

Aber die Sprache dort kenne ich nicht gut genug.

Ich könnte das Geschriebene nach Hause zu einem Verlag schicken.

Aber was will der mit Geschichten über Heringsmöwen. Er wird sagen, weiter so, aber jetzt etwas wirklich Fröhliches aus dem Land, das Sie augenblicklich besuchen.

Aber ich besuche dieses Land ja gar nicht. Es ist meins geworden, schon wegen dieser Vögel.

Nachsatz für Helga Schubert

O Sapperment, wie sperrn wir Mund und Nase auf, wenn sie vier Stunden erzählt, was sie drüben im Polnischen erlebte, als sie nur mal mit dem Fahrrad in Frankfurt über die Brücke fuhr für *fumfzehn* Minuten. Und wenn wir uns so grausam über ihre Geschichten verwundern, so müsst ihr nicht denken, sie salbaderte, bände uns Bären auf, machte Elephanten zu Nachtigalln – ich müsste des Todes sein, wenn ich dergleichen behaupte. Profession und Talent haben sie mit Über-Blicken über das Leben der Menschen ausgerüstet. Wir geraten ihr wie nach ellenlangem Schwitzbad vor die Augen, wenn Hitze uns dermaßen die Poren geöffnet hat, dass die Seele hindurchsieht wie durch ein Gitter. Und sie ermuntert uns: Eher lassen wir uns vom Donner erschmeißen, bevor wir uns mit Verhältnissen begnügen, die nicht menschlich sind. Oder: LIEBER EIN BLUTIGES OHR UND ZUFRIEDEN.

Sarah Kirsch

Inhalt